耕林 Just Novel

就是小說

耕林 Just Novel
就是小說

薔薇之名

ROSE'S NAME 上

黎明之祈

紫微流年 著

[目錄] CONTENTS

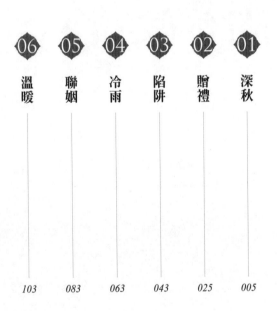

薔薇之名

ROSE'S NAME 上

黎明之祈

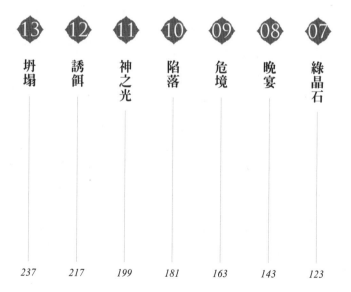

01 深秋

西爾帝國曆一八八四年　初秋

剛下過雨，鉛灰色的雲層籠罩著休瓦城的天空，顯得灰暗而陰冷。

一輛風塵僕僕的驛馬車自遠處駛來，褪色的車身印著乾涸的泥痕，一路叮鈴作響地駛入街市，終於在驛站前停下，車夫和馬都疲憊不堪。

一隻穿靴子的腳踏出了馬車，接著是另一隻，長靴之上是一雙纖細的腿，而後是黑色的旅行裝，再往上，是一張年輕美麗的臉。白皙勻淨的臉龐，挺秀的鼻尖、柔嫩的唇，榛綠色的眸子猶如翡翠，在長睫下明亮生輝。

沒有長途跋涉的狼狽和疲態，女郎打量著陌生的城市，拎起提箱，拒絕了圍上來攬客的夥計，走出驛站。

休瓦並不是一座友好的城市。

粗陋的建築遮住了光，街道幽暗而狹窄，路面的石板印著深深的車轍，雨水鋪滿了大大小小的石縫，一落足便濺起渾濁的水。

衣著襤褸的孩子在街上嬉鬧，一個半大的孩子被翹起的石頭絆了一跤，手中的黑麵包一路滾過街面，沾滿了污水稀泥，被另一個好運的男孩拾起，還來不及咬下，孩子的母親衝出來抓住小偷，搧了一耳光，奪回麵包，咒罵著塞給仍在哭泣的兒子。孩子停止了哭，望著被重摑的男孩咧嘴大笑，得意地啃著滿是泥水的麵包，忘了膝蓋磕破滲血的疼痛。

喝醉了卻沒錢付帳的酒徒任幾個店員痛毆，被倒拖著扔到街外，青紫的臉上殘留著濃痰和血漬，激起周圍一陣哄笑。

城市警備隊懶洋洋地巡邏，歪扣著紅色制服，按常規進酒肆勒索，對鄰街逃奔的小偷視而不見。一個警備員路過癱倒的酒徒，發現剛擦亮的長靴上沾了一塊污泥，抬腳在昏迷的酒徒身上擦乾淨。

街角有幾個頑童捉住了一隻瘦小的老鼠玩法官遊戲，可憐的小東西在鐵籠中不安地拱動，被木棍戳弄得上竄下跳，最後被澆上燈油點燃，化成一團火球。扮作法官和律師的孩子聽見老鼠慘叫，大笑起來，空氣中飄蕩著令人作嘔的焦臭。

車夫揮了下長鞭，臨時馬車載著新的客人跑了起來，車窗內，一雙綠色的眸子靜靜地掠過匍匐道邊的乞丐、翻揀垃圾的流浪漢、帶著殘忍笑容的頑童、掂著錢袋走向下一間店鋪的警備隊員，遴遴拐過了街角。

作爲西爾國首屈一指的軍事基地，休瓦基地位於城郊，猶如與休瓦城只有咫尺之遙的另一個城市。這個規模龐大的基地駐紮著數萬軍人，部門眾多，秩序森然，令當地民眾望而生畏。

悠閒的午後，軍政處的門被叩響，辦公桌後的上尉略微坐直。

「進來。」

推門而入的女郎仍穿著旅行裝，俏麗之外，呈現出軍人冷毅的氣質。她行了一個端正的軍禮，「報告，林伊蘭奉令前來報到。」

上尉掩飾住驚豔的失態，接過呈送而來的檔案，目光在「絕密」的標註上頓了一下。

「林伊蘭，德爾城調任，畢業於帝國皇家軍事學院，軍事技能優異，績任表現良好……抱歉！妳以列兵的身分報到!?」不容錯辨的附註令上尉怔住了。

「是的，上尉。」

上尉忍不住脫口而出：「妳到底得罪了哪位大人?」

「屬下只是奉命來休瓦報到，其餘一概不知。」

不軟不硬的釘子壓住了氾濫的好奇，也喚回了理智。檔案的屬性標明了不容探查，上尉清醒過來，掂了掂分量，禁不住暗自揣測起這份奇特的履歷。

這位美人大概激怒了哪位權貴而遭受貶斥，那位權貴甚至可能不打算讓她活著回去，輕易沾手，下場難測，爲了前途，還是避之爲上。

上尉不無遺憾地瞥了一眼矜冷的嬌顏，啪一聲合上檔案，按鈴喚入勤務兵。

「新人報到，帶她去安置一下。」

勤務兵恭敬地詢問：「請問長官，帶到哪一分部？」

「步兵營打過無數報告申訴缺人，就……」到底是難得一見的美人，上尉心一軟，留了一線餘地，「帶去向鍾斯報到！」

休瓦基地有數個步兵旅，每個旅分為五個營，每個營分為十個連，連是出動最頻繁的戰隊之一，也是軍隊的最底層，鍾斯正是三營五連的中尉連長。

步兵連戰鬥力強，相應的，戰損率也極高。長年在前鋒服役的鍾斯中尉有人盡皆知的壞脾氣，頰上猙獰的刀疤令人不敢正視，暴躁時尤為可怕。

他凶惡地濃眉緊擰，極其不滿地盯著來報到的新人，赤裸裸地表現出嫌棄，「受過基本訓練？」

「是，長官。」

「會用槍？」

「是。」

「去領裝備，三十分鐘後分隊集合，但願妳不是憑一張臉混過考核的！」

分派完似乎毫無戰鬥力可言的新人，鍾斯粗口低咒，又一次痛罵上司。

休瓦城局勢混亂，這一陣戰損不少，極缺經驗豐富的老兵。他屢次強調補充人手的必要，結果分派來的不是新丁就是女人！換作閒暇時期，或許還有機會訓練，眼下正趕上休瓦城的叛亂分子攻擊市政廳，第三營受命投入清剿，只希望來得不合時宜的倒楣鬼有足夠的運氣，不至於在報到的第一天陣亡！

濕漉漉的松鼠叼著松果爬上枝幹，黑豆般的小眼疑惑地打量樹下，不一會兒，牠失去興趣，埋頭啃起松子，果殼從半空掉落，正打在籬笆下的潛伏者頭上。

手中的槍一緊，林伊蘭抬眼一掠，又伏了下來。

晦暗的天空飄著濛濛細雨，被雨水浸透的軍服重而讓人不適，但並沒有影響到她持槍的手。眼神和呼吸一樣穩定，執行軍令的女兵，已經與從驛馬車走下的旅行者截然不同。

這裡是休瓦城內的貧民區，連綿破敗的矮屋充斥視野，油漆剝落的窗框內掛著髒得看不出顏色的布簾，牆壁上露出銹蝕的鐵條，污水橫流的垃圾堆覆蓋了地面，時常有人在其中翻找東西。

遠處被叛亂者縱火的市政廳仍在升騰濃煙，雨給髒臭凌亂的環境籠上了輕紗，一切都變得模糊。傾頹的廢墟中不時傳來槍響，前鋒在與叛亂者交火，十丈外響起了哨音，待命的小隊動了起來。

附近的居民在通告後躲入房屋，整片區域靜得可怕。離她最近的是一個年輕士兵，握槍的姿勢明顯是新手，緊張的臉龐有犯險立功的躍躍欲試。領裝備的時候，她聽過他殷勤的自我介紹，僅僅比她早報到一星期。

貧民區是城市的死角，更是一個充斥各種破爛的巨型垃圾場。

軍隊的搜索緩慢而低效，淋透的軍裝貼在身上，濕冷的感覺並不好受。捋開垂落的劉海，林伊蘭全神貫注地警惕著。

危險的感覺猝閃，她迅速翻滾，子彈貼著耳際呼嘯而過，數枚彈痕嵌入了地面。一旁的隊友開槍還擊，激烈的交鋒過後，暴露了藏匿地點的潛伏者在猛烈的彈雨中傾逃，一個士兵追擊，沒幾步中了冷槍跌倒，胸口滲出大灘鮮血，依受傷部位看，已毫無希望。

有武器又熟悉地形的敵人極難對付，侷限的視野和防不勝防的冷槍讓小隊分裂四散，身側的年輕士兵被誘入角巷，她暗嘆一聲，追了上去。

巷子裡果然有埋伏，缺乏經驗的新兵被子彈擊中肩膀，倒在地上，痛苦地呻吟。一個十七、八歲的男孩將受傷的俘虜拖往巷尾，另有兩、三個人從牆頭跳下協助，其中一個去撿掉落的配槍，還未觸到槍柄，忽而後腦一疼，立刻昏死過去。

左邊的人見同伴猝然倒地卻未聞槍聲，上前一扶，才看見地上一枚染血的石頭，剛抬頭，又一塊石頭破空飛來，他急忙躲避，還沒站穩便後腦一疼、眼前一黑。

剩下的一人等在巷尾，聽見聲音回頭，才發現兩個同伴已被擊倒，一個身著軍裝的人影立在一旁。他立即舉槍，不等扣動扳機，已看見一雙冷淡的綠眼，隨後一拳落在腹部，他的腦袋磕上了冰冷的泥地。

摺倒了三個敵人，林伊蘭小心翼翼地沿著巷尾探過去，在一間破敗的舊屋外聽見了壓抑的慘哼。

這是一間普通民宅，舊屋分爲兩間，外間用以待客，內室是寢居。少年很謹慎，將拷問的地點放在較爲隱蔽的內室。

林伊蘭挑開窗縫窺探，重傷的俘虜並沒有受到捆綁，少年凶狠地逼問軍隊的情報，答得稍慢就刺戳俘虜肩上的傷口，可憐的士兵血流了一地，疼得聲音都嘶啞了。

狹小的窗戶無法進入，位置也不利於瞄準，林伊蘭的目光在敵人持槍的右手停了停，評估了一下傷者的形勢，最後挑鬆窗栓，瞄準十餘米外一個鏽爛的鐵桶，擲出一塊石頭。

近在咫尺的響聲驚動了室內的人，少年放下俘虜，離開內室，到門邊謹慎地查探。窗悄悄開了一線，隨著輕拋，一件物品劃過弧線，掉落在俘虜身畔。

渾噩的視線中竟出現了一把槍，絕望的俘虜驀然睜大了眼，無暇去想這槍從何而來，他環視了一圈，探出未受傷的手臂抓住，藏在身側。

林伊蘭看見少年從門邊走回，耐心地等了片刻，聽見一聲尖銳的槍響，又等了一會兒沒有動靜，她才悄無聲息地潛了進去。

被俘的年輕士兵除了肩膀，沒有其他傷口。槍掉在他手邊，過度失血加上開槍時的震動，人已經陷入了深度昏迷。

倚在屋角的少年粗重地喘息，肋下有淋漓的鮮血滲出，顫抖的手仍握著槍，「居然是個女人……」

局面形成了僵硬的對峙，對方是剛成年的孩子，林伊蘭並不想開槍，「我無意殺人，只想帶回隊友。」

「就算我死，也得帶上墊背的！」蠕動了下蒼白的唇，少年滴落的血在地上匯成了一個小窪，「妳和他……正好……」

「或許你該包紮一下傷口。」林伊蘭提醒。

「然後妳趁包紮的時候偷襲？」少年稚氣未脫的臉上浮出仇恨，目光有些渙散，神經質地笑了起來，「想弄死我？沒那麼容易！今天上午我還用燃燒瓶砸中了一個貴族的腿，他著火的樣子眞可笑，嚇得魂都沒了！他們活該下地獄，妳也一樣，你們都是貴族的走狗……可惜我失敗了，不然或許能……」

儘管嘴硬，少年顯然還是希望活下去，只是，隨著血液不停地流，他抖得越來越厲害。

林伊蘭看了一眼同樣嚴重失血的年輕士兵，再拖下去，這兩人都會死！

「或許你不怕死，但我可不想一起死！」她嘆了一口氣。

「膽小鬼！」少年譏罵著唾了一口，湧起了輕蔑，「軍隊裡怎麼會有妳這種怯懦無能的女人？」

「我退出，請別開槍。」隨著示弱的話語，林伊蘭丟下槍。

少年精神一懈，剛要射擊，卻被她撲近的一掌打掉了手中的武器。

林伊蘭毫不費力地捆起虛弱的少年，還順手撕了塊床單，勒住他肋間的傷口。

「無恥的婊子！下賤的……」少年破口大罵。

林伊蘭沒有縱容，扯了塊布堵住所有惡毒的辭彙，塞得少年險些透不過氣，只能以怨毒的雙眼彰顯怒火。

年輕士兵的呼吸極度衰弱，在缺乏藥物的情況下，僅能作簡單的包紮。林伊蘭壓緊繃帶，眼見捆成一團的少年目光十分古怪，彷彿幸災樂禍，心底突然一寒，側身一滾，以一寸之差躲過了一拳，彈起來才發現背後不知何時多了一個男人。

無暇取槍，她從靴筒中拔出軍刀格擋，幾個回合後，對手同樣拔出短刀，場面頓時變得凶險。森寒的刀鋒帶著可怕的力量，狹小的房間閃避不易，沒多久，她已手臂發酸。

打不過，更不能逃，遇上這樣的對手，稍有退意即是死！

敵人被床架一擋，稍稍遲滯了一下，林伊蘭抓住一線機會，軍刀順著他肩頸扎下去，對方偏身一挪，刀勢落空，嵌進木門裡拔不出。她心知上當，立即棄刀，但未及收手，已被勒住手臂，頸後傳來劇痛，她陷入了完全的黑暗……

混混沌沌的神思彷彿在虛空中飄浮，許久突然墜落，林伊蘭一下子醒了過來。

昏迷中，她似乎被挪到一間半塌的廢屋。好一陣子，她才適應了全黑的環境，稍一動脖頸便傳來的痛楚，讓她微微吸了口氣，在視線範圍內搜索槍和軍刀。

「那些東西不在。」漆黑的角落突然傳出低沉的男聲，「妳也知道，這裡是貧民區，什麼都缺。」

完全沒有存在感的敵人令人悚然，林伊蘭背心滲出了汗，半晌才出聲：「是你救了我？謝謝。」

「謝我救妳，還是謝我沒殺妳？」男人笑起來，嘲諷的意味極濃。

「一定是閣下冒險從叛亂者手中救人。」林伊蘭錯開眼，避開無形而令人壓抑的視線。

男人沉默了片刻，淡淡道：「我以為軍隊淨是些蠢材，看來也有例外。」

昏眩的殘留仍在，林伊蘭扶著牆站穩，「我很感激，但軍紀所限必須歸隊，我……」

「妳以為走得出去？」

「實在遺憾，我被人打量，什麼也沒看見，大概無法回報閣下。」朦朧窺見一個模糊的影子，她很快又撇開頭。

黑暗中傳來喀一聲，火光跳動，現出一張輪廓分明的臉，嘴角的線條像在諷笑。男人不在意地點燃一根煙，窒住了她微挪的腳步，「妳現在看見了。」

「我記性很差。」煙味瀰散，林伊蘭忍住嗆咳，頭傷令她額角劇烈地抽痛。

「第一，妳是女人；第二，妳沒殺人，所以我放了妳。」男人把玩著打火石，彈過一塊塗有磷粉的鐵片，鐵片在暗處泛著微弱的熒芒，「把它別在左臂，算作武器的交換。從小巷出去，看見一幢白屋後左拐，順著木籬走。下次，妳不會再有這種好運！」

作為小隊唯一的生還者，林伊蘭編出一套足以應付上級的說辭，詳述整個過程後，終於獲准回到分配的士兵宿舍。

西爾國的底層軍士男女同寢，除了洗浴廁所有間隔外，一應安排並不因性別而區分。洗了一個熱水澡驅走寒氣，抹去鏡面的薄霧，望著鏡中人，林伊蘭生出了些許慶幸。到休瓦的第一天不算好，但至少活下來了，比起死掉的隊友和重挫的任務，在交火中失落武器實在不值一提。

儘管初來乍到，林伊蘭也清楚此地的平民對軍隊和貴族多麼仇視，她沒能救出的那個年輕士兵恐怕已經死了。而她身著軍服還能自貧民區全身而退，沒被割斷脖子，實在是個奇蹟！

休瓦第一線的戰場，比預計的更危險……

綠眸暗了一下，她回憶起曾經聽說的關於休瓦城的種種。

休瓦城，西爾帝國最重要的礦產區之一，舉國所需的七成能量晶石來自於此，議會委派的官員督導採集運輸，交給貴族認可的商人售賣，從這裡源源不斷輸出的晶石，支撐著整個西爾國的能源消耗。

晶石有許多種，有些可製成昂貴的裝飾品及珠寶，有些則毫無價值，另有一種天然儲藏能量的晶石，可用於照明取暖。但此類晶石良莠不齊，優質礦脈所出的價格不菲，通常僅供上層貴族及富戶，劣質晶石多爲普通民眾使用，而底層貧民只能使用最原始的油燈與木柴。

擁有如此豐富的礦藏，休瓦城本應富庶繁榮，但，晶石產業卻爲貴族所壟斷，以礦工爲業的民眾酬勞菲薄，肩負著辛苦繁重的工作，巨大的利潤卻落入貴族與商人之手。

長期演化下，休瓦分隔成兩個世界，一面是貴族門閥及能源礦主揮金如土的奢靡上流社會；另一面則是民眾在超負荷的盤剝下不堪重負，難以爲繼。貧民區不斷擴大，垃圾滿地、破敗混亂，通行與法律相異的規則，猶如另一個空間。

秩序崩壞的休瓦治安惡劣，嚴刑峻法也難以遏制。這裡時刻有竊案發生，歹徒在暗巷持槍搶奪強盜、公然劫掠馬車、郊外的森林裡行商及貴族被洗劫一空……警備隊無能爲力，儘管法官不停地判處死刑，劊子手忙碌不堪，罪惡仍與日俱增。

但，眞正令貴族心驚的，並不是這些竊賊，而是休瓦城難以根除的暴亂。

帝國下達的晶石採集令相當苛刻，鞭打苦役時有發生，屢屢激起變亂。軍隊的數次鎭壓血腥而殘忍，造成休瓦民眾對軍方和貴族徹底痛恨，滋生了剪除不盡的叛亂者，形成了地下反抗組織。

某一任市長被反抗者剝光了倒吊在宅邸前，淪爲經久不息的笑話。叛亂之烈，一度使貴族無人敢到休瓦上任，最終議會通過決議，從北方邊境抽調西爾國最鐵血的將軍回來壓制。

決議展現了優異的成效，休瓦再未發生過大的動亂。但，近十年的平靜之後，將軍因帝國巡遊和邊境叛亂暫離基地，休瓦立即發生了針對貴族的襲擊。市政廳被歹徒縱火焚燒，休瓦市長震怒之下，越權指揮，最終傷亡眾多，戰果為零，排除糟糕的指揮者，叛亂者的實力不言而喻。

輕輕觸摸頭側的青紫，想起之前的險況，林伊蘭呼吸微窒。

那樣可怕的敵人，她絕不想再次面對！

蒸汽火車一聲長鳴，駛進月台，喧鬧的人潮匆匆上下。

綠眸女郎從火車下來，鑽入一輛輕便馬車裡，駛過半個城市，在一幢奢華氣派的府邸前停下。

衣飾筆挺的僕人上前接過提箱，她走入內廳，一位胖胖的老婦人迎上來，露出盼望的笑容。

「親愛的伊蘭，妳終於回來了！」

被擁進一個寬大溫暖的懷抱，林伊蘭習慣性地把頭埋進老婦人胸口，「瑪亞嬤嬤，對不起，我應該一週前就回來。連禮物都買好了，偏偏取消了休假，都怪該死的休瓦市長，願上天讓他那個半禿的腦門更光亮一點！」

老婦人笑得咳起來，皺紋叢生的眼角盈滿慈愛，吻了吻她柔嫩的臉頰。

「我的小伊蘭還是這麼可愛！讓我仔細瞧瞧……」退開一點掃視，老婦人皺起眉，「又瘦了！軍隊的東西是餵豬的嗎？可憐的孩子，一點肉也沒有！」

林伊蘭摸了摸臉，「非常難吃，我作夢都想著瑪亞嬤嬤的手藝！」

瑪亞嬤嬤大為心疼，「我馬上給妳做好吃的，這次能留幾天？嬤嬤把妳餵胖了才准走！」

抱著瑪亞嬤嬤的腰應了一聲，林伊蘭回房間略作梳洗，換了一襲長裙，馬上被琳琅滿目的美食淹沒。

望著餐桌上堆積如山的食物，又看一眼旁邊笑咪咪的瑪亞嬤嬤，林伊蘭吸了口氣，埋頭苦吃，最後的甜點端上來的時候，她已經快站不起來了。

「瑪亞嬤嬤……」不是撒嬌，她實在有心無力，目光掃過香氣誘人的甜點時卻又怔住，「瑪德蓮火焰藍莓蛋糕？」

瑪亞嬤嬤相當自豪，「正是小伊蘭最愛吃的藍莓蛋糕！」

瑪德蓮火焰藍莓蛋糕是帝國頂極美食，同時也相當難做，既考驗烘焙技巧，又考驗廚師耐心，隔了夜味道就完全不同。

「我剛回來，瑪亞嬤嬤怎麼來得及做？」

「聽說伊蘭近幾天會回來，我每天都做一個。」瑪亞嬤嬤得意得像個孩子，「幸好在珍藏的藍莓用光前，妳到家了！」

切下一塊放入口中，一如記憶中的甜美，林伊蘭的鼻子漸漸地有點酸……

在舒適的絲被下輾轉良久，林伊蘭還是坐了起來。

自從進入軍隊，回家的次數屈指可數，已不太習慣層層鋪墊的鬆軟床褥。扯下被子裹住身體，她在地毯上安然入眠。

「伊蘭小姐！」

明明是溫暖親切的聲音，卻有種惡狠狠的意味，驚得林伊蘭從夢中彈起來，神智仍有點模糊：「瑪亞嬤嬤？」

「居然睡地上！妳可是淑女啊！我一手帶大的孩子怎麼會變成這樣？天哪！夫人在天國一定要哭了，她心愛的孩子竟然像流浪漢一樣睡在地上！」瑪亞嬤嬤的嗔怨如暴雨般傾洩而出。

一定是昨天吃得太多，忘了要爬回床上！林伊蘭暗自後悔。

瑪亞嬤嬤滔滔不絕的抱怨似乎沒有盡頭，她終於忍不住：「抱歉！瑪亞嬤嬤，昨天坐車回來非常擠，所以我有點累，從床上掉下來都沒發現。」

「掉下來的？」瑪亞嬤嬤呆了一呆，略略消彌了火氣，「即使如此，妳的睡相也……」

「因爲瑪亞嬤嬤鋪的床太舒服，不小心就滑下來了。」林伊蘭面不改色地說謊，顯得十分無辜，「今天晚上我會注意的。」

「如果是這樣……」扠著腰的雙手改環在胸前，瑪亞嬤嬤板起面孔盯著她，猶如面對一個不聽話的小女孩，「那是我的疏忽。爲了讓小姐重新熟悉淑女該有的儀態，今晚我來守夜，以便隨時糾正小姐的睡姿。」

「啊？」

帝都的街市熱鬧如昔，喝完一杯曾被瑪亞嬤嬤譏爲「泥湯」的路邊咖啡，林伊蘭扔下幾枚銅幣走人。

一個路過的男人偶然掃視，凝視半晌，確定沒認錯，按了按帽子，幾步追近背後，正要拉住她的手臂，忽然失去了目標。

林伊蘭躲過突襲，扣住腕間一帶，足下一勾，對方立刻失去平衡。

男人感覺要被摔出去了，嚇得揚聲大叫：「伊蘭，是我！」

「夏奈？」遇見皇家軍事學院的同學，林伊蘭生出了驚喜，「你何時回了帝都？」

「兩個月前的行政變動。」轉了轉手腕，夏奈鬆了一口氣，「妳的警惕性還是這麼高！」

林伊蘭微笑。眼前的夏奈制服筆挺，看起來神采飛揚，迥異於學院時的散漫慵懶，顯然數年的軍旅生涯，讓他有了不小的改變。

「調回來了？恭喜你終於得償心願。」

記得剛接到命令分派邊境軍塞時，夏奈的反應可謂痛不欲生。

夏奈忍不住有幾分得意，「妳呢？聽說妳已不在德爾城，現在在哪裡？」

「休瓦。」

「怎麼會到那個鬼地方!?」夏奈愕然。

「父親說我文職做得太久，要我在休瓦重新受訓。」

「妳還需要受訓？」連皇家軍事學院最嚴苛的教官都讚不絕口的精英仍需訓練？夏奈無法理解。

「學院與軍隊是兩回事。」林伊蘭輕描淡寫，無意再談自己的事，「你回來後進哪個部門？」

「憲政司，費了我不少工夫打點。議會那群老傢伙，簡直是吸血鬼！」夏奈大方坦承，忽然想起什麼，問道：「對了，妳在休瓦有沒有見過凱希？」

「他在休瓦？我從沒聽說。」林伊蘭些微詫異。

夏奈聳聳肩，「他頭腦太好，進了帝國研究院，工作列爲極機密。我也是碰巧知道的，研究中心就設在休瓦基地，可憐的凱希，進去之後，家裡人就再沒見過他！」

「眞……」林伊蘭搖了搖頭，停住了話語。

夏奈嘆了口氣，「眞倒楣？確實如此，提到他，又覺得我的運氣實在不錯了。」

林伊蘭忍不住笑起來。帝都的陽光很亮，映得她的綠眸猶如一彎春水。

槍口不停地掃射，槍聲頻密而尖銳。猝然停止，靈活的手迅速卸換彈匣，僅僅停頓了一瞬，震響再度劃過耳膜，直到所有的標靶打完，才轉爲寂靜。

林伊蘭擱下發熱的槍身，垂手而立。

鍾斯中尉雙臂環胸，略略點了下頭，「搏擊優秀、技能優秀、槍法出色，還算不錯！」

林伊蘭的整體素質極其優良，近日觀察的結果讓鍾斯很滿意，但同時也不得不承認，這樣的人放在步兵營當士兵，實在是一種浪費！

「從明天起，妳升爲下士，任小隊長。」

「是。」林依蘭的回應十分鎭定，沒有顯示任何情緒，令鍾斯更爲欣賞，但欣賞之餘，他又有些頭疼。

儘管是可用之才，但女人總是麻煩，長得漂亮的，更是雙倍麻煩！

「不管妳曾經得罪過誰，在我手下只看實力。在這裡，腦袋還必須聰明，步兵營裡什麼樣的人都有，最好小心應付！」

沒想到粗豪的中尉會說出這番話，林伊蘭回敬了一禮，「我會努力的！謝謝長官。」

軍隊的底層龍蛇混雜，九成九出身貧民，時常有欺侮下屬或內部鬥毆的消息傳出，絕非理想的環境。但，爲了三餐溫飽及謀求出路，帝國軍隊總有源源不斷的新兵。

消除下屬的不馴很容易，軍隊有軍隊的方式。在練習場輪番對戰，當所有人均被擊倒，新隊長的命令便開始生效——強者的號令，總是理所當然地被尊重。

將毛巾搭上肩膊，林伊蘭走下擊技場。四周不停地口哨聲來自圍觀的士兵，各色紛雜的追隨目光，她懶得留意，擰開牆邊的水龍頭，洗了把臉。

「妳身手不錯！」陌生的聲音突兀地響起。

林伊蘭抬起頭，陰影擋住了光線，一個男人挨得極近，逆光下，壯碩的手臂肌肉賁起，「比一場，如何？」

「我沒興趣。」

「看起來不像新人，以前在哪服役？」男人興趣十足的目光，彷彿在看一匹桀驁的烈馬，毫不掩飾地打量她的身材，「叫什麼名字？」

「你是誰？」林伊蘭淡淡地反問，眼眸掃過對方斜搭的軍裝上衣肩章。

「戴納中尉，」插話的是鍾斯中尉，生硬的語氣得極度不悅，「對我的下屬有意見？」

「不敢，」戴納攤攤手，無賴一笑，「我見她身手不錯，提議較量而已。」

「她的時間應該用來教訓下屬，而不是敷衍無聊的搭訕。」鍾斯完全不給情面地嗆聲。

「鍾斯，別這麼容易冒火，這又不關你的事。」對鍾斯惡劣的態度習以爲常，戴納不以爲意，目光在沉默的林伊蘭身上打轉，「不過是交個朋友，你隊裡的安姬還自己爬上我的床呢！」

「別以爲所有人都像那個蠢頭蠢腦的小婊子。」鍾斯暴怒，額頭激起了青筋，一旁的士兵被吼聲嚇得退了幾步，氣氛頓時僵滯。

誰都清楚鍾斯暴燥的脾氣——一言不合，就可能揮拳相向！

「好吧！反正都在軍中，有機會再看看她有多不同。」戴納輕浮一笑，滿不在乎地踱開，避過了這次的衝突。

鍾斯怒瞪著背影，半晌才硬邦邦地交代：「離這混帳遠點！他手下的女兵全被他搞了個遍，最近還把手伸到我隊裡，遲早我會狠狠地收拾他！」

凶悍的語氣隱藏著維護，林伊蘭無聲地笑了一下。

「是，謝謝長官。」

02 贈禮

意外的挑釁者是個麻煩，尤其是對林伊蘭轄下的女兵安姬而言。

在西爾國，男女皆可入伍，服役期間一視同仁，因此混亂的男女關係不足爲奇。普通女兵很難在等級森嚴的軍隊中保持乾淨獨立，多半淪爲玩物。

據說戴納曾以保護爲餌，引誘安姬投懷送抱，顯然隨著新鮮感逝去，諾言已化爲泡沫。每次露面，戴納總摟著不同的女兵，當著安姬的面也不改調笑，公然視她如無物。

望著被擊倒在地，半晌爬不起來的安姬，林伊蘭心底一嘆，在記錄本上劃了一個叉。

心理影響過大，戴納即使什麼也不做，只要人在場，安姬便會慌亂緊張，與同伴的配合更成了問題，甚至誤把一個負責支撐的隊友給踢開。林伊蘭覺得有必要對她進行單獨訓練，否則以她近日的表現，戰時將極其危險！

訓練結束，林伊蘭留下了安姬。

她清秀的臉龐帶著不安，眼袋下兩抹陰影更顯憔悴，儘管挺直了腰端坐，手指卻僵硬地扣著膝蓋。

「安姬，妳最近的表現是怎麼回事？」

聲音不高，安姬卻像被刺痛般不安，「對不起……長官。」

「身體不適？」林伊蘭試著尋找理由。

「沒有，長官。」安姬顫了一下，「是我的錯，我會努力的。」

「不單是體能問題，妳和隊友無法協作，完全沒有默契可言。」她彷彿把戰友當成了危險的敵人，充滿了警惕防衛。

聞言，安姬垂下頭，沒有說話。

「妳以前的記錄是良好。」

依然是沉默。

林伊蘭不喜歡逼問，但必須找出癥結所在，「因為戴納？」

安姬交扣的手驀然捏緊，指節青白。

林伊蘭將一下收入眼底，「這應該不會導致妳對隊友的排斥。」

「長官，我會克服……」

「這不是小問題，一旦上戰場，妳丟掉的不僅僅是自己的性命，還會牽累身旁支持妳的隊友！」

安姬的眼睛出現了淚光，神經質地咬唇。

「告訴我原因，否則我只能向鍾斯中尉報告，讓妳退出作戰部隊。」

最後一句話擊潰了殘餘的意志，安姬控制不住情緒，抽泣了起來。

「對不起，長官……」眼淚接二連三滾落，將她深藍色的制服浸濕了一大片，「請不要……我……我……」

遞過手帕，林伊蘭靜靜地等她平復情緒，過了好一陣，她終於止住哭泣，轉為徹底的頹喪。

「究竟發生了什麼事？」

「數月前，戴納中尉表示對我有興趣，想和我上床。他不是第一個，我想，他或許可以讓我擺脫淪為其他人性奴的境地，就答應了……」

「其他人是誰？」

安姬道出三個名字，均屬同一連，但不在林伊蘭的小隊。

「他們威脅妳？自何時起？」

「從我來休瓦開始，以前……當然還有別人，這是軍隊的慣例，誰都知道女兵是為了讓男兵享用而存在的。」安姬的臉蒼白而麻木。

「為什麼不向鍾斯中尉報告？」

「中尉不會管的，這是常態。」安姬話中溢滿了苦澀，「他討厭戴納撈過界，但更看不起無能的人。」

林伊蘭垂下眼，沉默了片刻，又道：「後來呢？」

「我順從了戴納，他揍了那三個傢伙。隊裡的人很瞧不起我，因為我向外人投誠……」

安姬的聲音變得斷斷續續，凹陷的眼眶通紅，流下了羞辱而憎恨的淚，「沒多久，戴納厭倦了我，開始打我，甚至還叫他的下屬一起對我……」

無力報復又落入尷尬羞恥的處境，暴力的陰影帶來強烈的身體排斥，安姬本能地恐懼每一個男人的接近——林伊蘭理解了因由，卻爲如何處理而深感棘手。

從情緒中平靜的安姬等著最後的裁決。

「安姬，」過了半晌，林伊蘭困難地開口，「妳的遭遇令人憤怒，更不該承擔所有不公，但現在的妳無法成爲合格的士兵，上戰場等於送死，我不能讓妳在這種情形下繼續服役……妳是否考慮過申請退役？」

「不！長官，請不要把我從軍隊趕出去！」安姬絕望而悲哀地懇求，「除了當兵，我什麼也不會，離開這裡只會餓死，求您別這樣做！」

「妳的父母家人呢？」

「我的父母死了，哥哥在我成年後就把我丟進軍隊，雖然薪餉極低，至少還能塡飽肚子，我沒有其他選擇。」

「試試去別的城市找個工作吧！妳還年輕，軍隊並不是個好地方。」

被困境折磨的安姬神色慘澹，「沒有哪種正經工作會要一個一無所長的女人，除非是做流鶯，我不想淪落到那個地步……」

面對安姬潮濕哀懇的雙眼，林伊蘭陷入兩難，無法判斷怎樣的決定，才是最正確的。

休瓦基地的結構猶如一個剖開的雞蛋，周邊數萬士兵，構成防衛最嚴密的區域，守護與隔離兼具；核心是休瓦研究中心，蘊藏著帝國最頂尖的科技。內外兩片領域獨立存在，互不相涉，低級士兵甚至無從察知研究中心的存在。從這一點看來，很難分辨基地的設立究竟是爲了休瓦這座重城，還是爲了研究中心。

穿著白袍的凱希見到林伊蘭後欣喜若狂，竟撲上前與她擁抱了一下。

書呆氣十足的朋友變得如此熱情，看來確實悶得太久！林伊蘭微笑接受了對方語無倫次的表達，半晌，凱希終於想起事情的關鍵。

「天啊！妳是怎麼進來的？」

研究中心屬基地絕密領域，防衛重重，下級軍士無權進入，眼前的舊友看肩章僅是列兵，沒理由能現身於研究中心的會客區啊！

「還有，妳怎麼會是士兵？我記得……」

疑問接踵而至，林伊蘭微微一笑，「我的軍銜是少校。」

「少校？可妳的肩章……」

「父親命我在底層受訓，不准掛銜，但轉過來的履歷保留了級別。」她扯出衣內的鏈子，橢圓金屬牌上，根據級別嵌著不同顏色的晶石，「幸好這裡是憑身分牌核准進入的資格。」

稍早，前門禁衛兵的眼珠子也差點掉出來。

「讓妳做士兵？」凱希覺得匪夷所思，「令尊到底在想什麼？」

「別說我，當年你畢業的分數可以自己挑地方，怎麼會來到休瓦？」

「這都怪見鬼的導師！」凱希被轉移思緒，無比苦悶地嘆息，「跟我說什麼環境一流、薪酬豐厚，我才會一時頭腦發昏，填了申請書，被扣在這個鬼地方動彈不得！妳知道這裡的混帳規矩嗎？別說回家，連研究中心大門都出不去！家人給我寄東西還要經過三番五次的檢查，被那群天殺的憲兵吞掉大半！比坐牢還慘……」

凱希越說越激憤，林伊蘭同情地聽了半天牢騷，找了個空隙插口。

「前兩天我回了趟帝都，正好趕上你妹妹結婚。」

「什麼？這麼快！」凱希欷歔不已，「茉莉漂亮嗎？婚禮盛大嗎？我父母……」

無止境的問話在一張小畫像遞到凱希面前時，戛然而止。

畫師很細心，比手掌略大的小畫像中，俏麗的新娘在家人的簇擁下甜蜜微笑，戴著繡花蕾絲長手套的手執著銀亮的餐刀，與英俊的新郎合力切開層層疊疊的蛋糕，鮮花和銀燭，裝飾出夢幻般的場景。

「茉莉讓我帶話，說你的那一份蛋糕，新郎替你吃了，味道很好。」林伊蘭忠實地轉述，「還說哥哥的禮物是一定要給的，等你回去再送。」

含糊不清地咕噥了幾句，凱希的眼眶紅了。

林伊蘭假裝沒看見，欣賞起牆上的掛飾。

望著那張畫像許久，凱希吸了吸鼻子，道：「沒想到茉莉這麼早嫁人，不知那傢伙對她好不好？看上去不怎麼樣，個子也不高，和茉莉在一起真礙眼！」

十足的兄長式偏心！林伊蘭忍不住覺得好笑，「凱希，他們很相配。」

戀戀不捨地看了又看，凱希終於想起面前還有一個人，「謝謝，要是寄過來，不知道會拖幾個月？伊蘭，妳總是這麼體貼！」

又聊了一會兒，林伊蘭便要告辭。

「伊蘭，」凱希鮮少遇到舊友，有些難捨，「正好今天休息，我帶妳進中心看看，將來回帝都，也能讓我家人瞭解一點。該保密的部分妳也清楚，應該沒關係吧？」

參觀基地最神祕的研究中心？林伊蘭微愣，隱約生出了好奇。

凱希遞給她一塊小小的三角形金色徽章，「別在衣襟上，看見沒有識別標記的人，衛兵會開槍！」

她接過，依言扣上，「這麼嚴，你們到底在研究什麼？」

穿越兩道關卡，再次檢查身分牌，凱希又亮出通行證，兩人終於踏進了研究區。

開闊的大廳華美壯觀，巨型石柱的頂端立著聖者雕像，豪華的晶燈如群星閃爍，高聳的穹頂繪著神話中創世的場景，雲層翻湧，海水激蕩，大陸自浪花中升起，諸神在雲端見證新世紀的綺麗輝煌。

「凱希，這裡眞的是研究中心？議會對你們可眞大方！」林伊蘭驚訝地讚嘆著，「我現在明白你爲什麼來這裡了。」

凱希對此相當自得，「休瓦研究中心的條件是全國之冠，連帝都也及不上！」

「爲什麼？」休瓦城動盪由來已久，將帝國首屈一指的精英集中於一個亂象頻生的城市，絕非明智之舉！

「休瓦很特別，」凱希神祕一笑，道出了其中的關鍵，「這裡出產研究必不可缺的物質——一種稀有的高頻能量晶石，非常獨特，一小塊即可釋放出巨大的能量，但成分極不穩定，難以長途運輸，我們正嘗試尋找安全利用的方法。」

「只是晶石利用？那何必如此神祕。」

「親愛的伊蘭，這種晶石能量可以應用於許多方面，遠超出妳的想像，」凱希走過寬敞的通道，對遇見的研究員一一點頭招呼，「議會祕而不宣是另有原因。」

林伊蘭習慣性地四下掃視，心底暗暗驚訝。森嚴的警衛彷彿保護的不是研究區，而是皇帝陛下的寢宮。

凱希在一扇門前停下，故弄玄虛地咳了咳，「伊蘭，雖然我瞭解妳的性格，但還是要提醒妳一句，鎮定一點，不要尖叫！」

銀灰色的門逐漸開啓，她來不及應答，已經徹底震驚。

門後是一個極大的空間，頂燈投下柔和的光芒，中間安放著足有數層樓之高的龐大機械，猶如鋼板和螺釘鑄成的巨獸，鐵灰色的機體，密布各類用途不明的儀錶指針，幽幽生光。

粗大的線纜從機體垂下，如巨蟒連結蜿蜒，機械中心是柵格狀的銀色支架，鑲著整片水晶罩，安放著一塊拳頭大的晶石；純粹的藍色極似凝凍的海，閃著不穩定的光，忽明忽滅，映得晶罩呈現出一種朦朧的淡藍。

兩根細長的探針定在晶石兩端，控制著輸出能量，機器特有的嗡嗡聲，顯示著它正在運作。

從所站的位置俯望下去，十餘名同凱希一樣穿著白袍的研究員正專注地工作，調校各種聞所未聞的機器，將實驗資料一一記錄，數十個螢幕上畫面頻閃，映出一片迷離的冷色。

凱希帶著林伊蘭自旋梯走下，一路指點。她卻什麼也聽不進，望而生畏的巨型機器佔據了她全部的注意。

良久，她才回過神，「這是什麼裝置？」

凱希憐憫地望著她，「看來我說了半天，妳一點沒記住。可以理解，每個初次踏入的人都是這樣的。」

她試著回憶了一下：「高頻能量轉換？你一直在研究這個？我記得你在校學的似乎是……」

「不，雖然這已經夠讓妳驚訝，但我研究的東西更……」凱希欲言又止，「其實我參與的項目不在這兒，那裡等級更高、管理更嚴，如果可能，我眞想讓妳看看，那才是人類所能挑戰的極致！」

「這已經很驚人了。」

林伊蘭明白凱希的顧慮，並無繼續窺探的意願。

凱希笑起來，雙手插在白袍的口袋，爲她介紹著各種機器，將種種艱深的專業術語一掠而過，說得簡明而清晰。

「這些儀器在測控晶石最穩定的頻率，試著找出在保護物理結構的前提下，避免能量流紊亂崩壞的方法。穩定性的調整是最麻煩的事，這種晶石一旦開始輸出能量，甚至不能接觸空氣。它的價值極其驚人，但控制的難度也非常大……」

林伊蘭對他如此詳盡的說明感到詫異。

「凱希，既然這不是你所負責的部門，你怎麼會這樣瞭解？」

「我們研究的是同一種晶石，只是利用的方式不同，經常交換資料，以促進下一步研究，幾年下來我足以當一個稱職的解說員！」凱希的目光轉向機械體正中藍光閃爍的晶石，神往而嘆息。

「伊蘭，能量採集這項技術原理雖然複雜，研究卻很成功，幾乎已臻成熟，它所產生的效力足以令帝國劇變，可惜礙於議會的命令及某些利益，無法投入應用。這事必須保密，我能告訴妳的只有極小的一部分。休瓦基地在皇帝陛下和議會眼中無比重要，正是因爲中心的各項研究。這裡藏著西爾國……不，應該是所有人類的未來！」

游離的心神回到店主喋喋不休的推銷上，林伊蘭認眞地思考著哪種晶杯更得茉莉喜愛。青金石手鐲、瀾紋晶杯、手工編織的雲絲方毯、夢曇花露……長長的購物清單讓林伊蘭直想嘆氣。

她的本意只是探望一下久未謀面的舊友，結果凱希因爲無法離開基地，再三請託她代爲購買，送回帝都，以作妹妹的結婚禮物。如此難以拒絕的請求，她也只能照辦。

一間間店鋪挑下去，手中的袋子越來越沉，花費也令人咋舌。不能不感嘆，凱希的薪金的確相當優渥。清單的最後一項——休瓦大街珍品店獨家售賣的楦蘭香膏入手，繁瑣的採購終於劃下句點，林伊蘭鬆了一口氣，無意間抬眼，頓時停住了呼吸。

斜對角那個正在挑選香草的男人……林伊蘭還記得那張臉似笑非笑的神情，混著殺意和淡淡的不屑。防衛的本能讓她指尖一動，隨即想起自己並沒有帶槍。

裝璜精美的名店柔和的燈光下，男人危險的氣息全然收斂，猶如一介普通平民。不著痕跡地觀察了一瞬，林伊蘭已經能確定對方的目標。

看上去他似乎專注於商品，實際上卻是不動聲色地留意著店內守衛，偶爾目光掠過，幾度落在店鋪正中的水晶罩內，視爲鎮店之寶的金紅色赤龍牙上。

赤龍牙並非龍的牙齒，而是一種珍稀的藥草。形狀如牙，長約半尺，生著許多細細的根鬚，通體是悅目的金紅。它是最好的治傷靈藥，僅在原始叢林裡生長，數量極少，價格貴逾黃金。城中最豪華的店鋪也僅有一枚，襯在黑色天鵝絨上，猶如一枚赤晶石雕成的藝術品。

儘管治安混亂，但在休瓦貴族開設的護衛眾多的珍品店內公然搶劫……除非是瘋了！林伊蘭垂下眼，思考片刻，以手勢召來夥計，塞過一袋金幣。

很快地，赤龍牙被人從一塵不染的水晶罩內取出，小心地裝入絲囊內，繫緊，而後在眾人的注目下，被恭敬地捧給一個年輕女郎。

縱然是在休瓦首屈一指的名店，能買下如此昂貴物品的人也不多，店中所有人都看過去，可惜背對著看不見她的容貌，只聽店家殷勤地詢問是否需要免費提供的警戒護送。女郎搖了搖頭，取過絲囊，裝入提袋，推開門走了出去。

男人不露痕跡地跟了過去，與她隔著一段距離，如一個不相干的路人。

銀灰色的風衣裹著窈窕的身段，黑色的短髮削得很薄，襯得柔白的頸項更美。動人的背影並沒有令跟蹤者多一分關注，犀利的目標，緊盯著提袋頂端露出的一小段絲囊。

女郎步履輕快地走過街市，踏上了大神殿的外廊。

休瓦的神殿原本是爲祭祀古代神靈而建，方正的巨石巍然聳立，神殿深處遙遙傳來禮贊神靈的頌歌，若有若無，縹緲空靈。

女郎漫步穿過空無一人的外廊，始終沒有回頭，陽光將巨大的立柱投落出一格格暗影，忽明忽暗的光影中，唯有靴跟的輕響。

男子有一剎那的恍神，隨即冷定，加快腳步，迅疾無聲地跟過一個拐角，猝然停止，深銳的瞳孔猛然收縮。

纖秀的身影無影無蹤，只剩空蕩蕩的長廊，靜得可以聽見心跳。他的指上扣著槍，卻沒有墮入陷阱的威脅感，目光突然被某件事物吸引。

長廊盡頭，是真人大小的命運女神雕像。優雅的女神容色悲憫，手持天平，仲裁凡人的命運。天平上雕著劍與權杖，象徵制裁與尊榮，由於年代久遠，神像已經有些許破碎，卻威嚴依舊。

他一步步走近，直至站在女神像前。白石製的天平秤盤上，承托著一枚金色絲囊，在陽光下，顯得分外怵目。靜默的畫面猶如神蹟，他拈起絲囊，赤龍牙特有的清香撲鼻而來，沉甸甸的手感提醒著真實。

抬眼望去，長長延伸的台階下是城市中央廣場，三三兩兩的小販正在招攬最後的顧客，日夜不停地噴泉揚起陣陣水霧，一群歸巢的白鴿從路人頭頂飛過，清亮的鴿哨在風中迴蕩。

銀灰色的倩影被夕陽染成了暖金，美麗的側臉柔和生動。她自賣烤栗的小販手中接過紙袋，揣在懷中，快跑幾步，跳上了緩緩駛過的街車。

世間有些事永遠不公平，比如貧民和貴族；有些又永遠公平，比如天空和陽光。

凌亂的貧民區在夕陽撫慰下變得稍稍柔和，匆匆穿行的男人對密佈如蛛網的窄巷瞭若指掌，很快地在一棟舊屋前停下。

長短不一地叩了幾下，門開了，探出一張鬍鬚濃密的臉，焦急的額頭滲著汗，「肖恩快不行了，藥不起作用，我已經沒辦法……」

懷中被塞入了金色的絲袋，噎住了抱怨的話語，瞪了半晌，反射性地彈起來，卻忘了自己還站在門口，砰一聲撞上門框，疼得直吸涼氣，「這……這是……」

「薩，這是赤龍牙。」看著朋友極度失態的反應，男人帶上了一絲笑意。

「我當然知道！我的意思是……沒想到你真弄得到這東西，那裡的守衛多得像螞蟻，你怎麼得手的？」薩扒開絲囊，突然想到什麼，神色一緊，一把拉開他的外套，「有沒有受傷？」

「沒動手，得到它是個意外。」男人無暇解釋，出言催促：「去救肖恩，別讓他死了，我答應過他父親的。」

「放心，現在他想死也死不了。」情知時間不容拖延，薩停住追問，入室忙碌，心頭的好奇猶如貓爪不停地撓著，片刻後，他又探出腦袋，「你先別走，等我弄完再說。」

男人搖了搖頭，剛要離開，一個跌跌撞撞的影子衝過來，被他一把扶住。

十六、七歲的男孩驚惶地抬頭，粗重的呼吸和漲紅的面龐顯示出他體力已竭，像是一路狂奔而來，髮梢都在滴汗。

「潘！」他沉聲喝住，眼眸掃向深巷，「有人在追你？」

見男孩氣喘得說不出話，他屈起食指，打了個呼哨，空無一人的暗巷迅速傳來一聲迴響，又一聲口哨響起，接二連三地傳遞出去，片刻後，轉換了另一個聲調傳回。

「沒人追爲什麼這樣慌？」哨聲示意無恙，男人暫時放下了心。

潘好不容易順過氣，汗津津的手攤開，掌心赫然捏著一個錢袋，「我搶了一個有錢的傢伙，那種很貴的藥，現在可以買了。」激動的男孩忘乎所以地重複，「眞的，有好多金幣，肖恩不會死了。告訴我哪裡有藥，現在就去買，我怕遲了會來不及。」一想到能救回好友一命，潘幾乎哭了起來。

男人一時沉默。

「沒騙你，看！」潘急著證明，翻過錢袋抖動，掉出了十餘枚金幣。

「肖恩已經有藥，薩在救他，不會再有危險了。」看著燦亮的金幣，男人反而蹙起眉，「我說過不能搶貴族的錢，你眞想被他們捉住後砍掉手？」

潘愣了半晌，終於理解了他的話，抽抽噎噎地哭了起來，「肖恩眞的沒事？」

「嗯。」他摸了下男孩的頭，「你做得不錯，但太冒險，以後別再這樣了。」

男孩邊哭邊點頭，金幣掉了一地。哭了好一陣，潘終於停下來，抹了把鼻涕。

「那女人提了一堆東西，肯定很有錢，」沒有平日的機靈狡獪，潘難得老實地坦白，「我讓黛碧掐了她五歲的妹妹一把，扯著那女人的衣服哭，趁她們糾纏的時候下手，對方發現的時候，我已經跳車了。」

「黛碧她們呢？」

「她們不會有事，那女人沒帶伴婦，肯定不是貴族，去報警反而會被警備隊勒索，那群傢伙才不會放過肥羊！」潘手腳俐落，與貧民區的夥伴合作默契十足，拿捏行事有相當的把握。

在休瓦城，警備隊的主要工作是護送有權有勢的貴族出行或夜歸，另兼搜刮攤販，榨取油水，在糟糕的治安下，本地平民絕不會帶重金單獨外出，難得讓潘撞上了好運。

「是什麼樣的女人？」男人沒有再責備。

「年輕漂亮，說不定是哪個富商的情婦。」隨著情緒恢復，潘又變回了一貫的模樣，「腰也很細，不過我沒來得及摸。」

斜了一眼早熟的小鬼，男人拎起錢袋翻看。

款式十分雅致，異於市面上所販售的，深綠的絲絨磨得半舊，金色的穗帶有些褪色，襯裡以同色絲線繡了一朵極小的薔薇，不注意幾乎看不出。

打量片刻，目光一動，男人從袋底取出一張折起的紙，紙上隨意寫著一串物品，應該是張購買清單，長長的項目被一一劃去，只餘尾端的一項，秀緻的筆跡微微傾斜，書著一行小字——休瓦大街九十三號珍品店楦蘭香膏。

沉默了好一會兒，男人嘆了口氣，問：「那個女人穿著什麼樣的衣服？」

03 陷阱

做好人是要付出代價的，而且代價不小！

雖然不是一筆很大的數字，但也遠非軍餉所能應付，林伊蘭迫不得已回了趟帝都，從自己的戶頭裡提出相當的金錢。

但願在管家上報父親之前，她能想到一個好理由，搭進薪餉是小事，萬一父親過問，那就……

放下羽毛筆，推過紙箋，管家看了一眼簽名，遞過裝著金幣的絲袋。

「伊蘭小姐，這是您要的。另外，爵爺來信說，一個月後返回休瓦。」

「小伊蘭心情不好？」

林伊蘭回過神，對一旁的瑪亞嬤嬤扯出笑顏，「沒事，只是有點累。」

明顯的食不知味！瑪亞嬤嬤望著一手帶大的孩子，忍不住心疼，「想騙嬤嬤，可沒那麼容易，告訴嬤嬤妳在擔心什麼。」

「我在想，瑪亞嬤嬤的手藝多年來一直這麼好！」

瑪亞嬷嬷失落而傷感，語氣黯然道：「嫌嬷嬷太老了嗎？以前小伊蘭什麼事都會對嬷嬷說的。」

「瑪亞嬷嬷！」林伊蘭從座位上跳起來，緊緊抱著瑪亞嬷嬷，「別這樣說，不管多老，我一樣愛妳！妳是最疼我的人！」

「可伊蘭現在已經有自己的祕密了……」瑪亞嬷嬷故意嘆息。

「我只是……」林伊蘭咬了咬唇，放棄了抵抗，「父親要回休瓦了！」

聞言，瑪亞嬷嬷理解地環住她纖細的肩。

「我不想見他，可……」她頓了頓，語聲轉低，「是我的錯，我無法讓父親滿意。」

「伊蘭非常優秀，我一直認爲是爵爺太挑剔了。」

「我想，我又要挨罵了！」安慰無濟於事，林伊蘭喃喃自語。

「那不是妳的錯，是爵爺他……」瑪亞嬷嬷開始了數十年如一日的抱怨。

林伊蘭沒再說下去，靜靜地感受環擁的溫暖，直到絮叨的話語停止：「謝謝瑪亞嬷嬷，我現在好多了。」

「伊蘭……」瑪亞嬷嬷端詳她的神色，忍不住嘆氣。

「怎麼了？」她敏感地覺察出不對。

瑪亞嬷嬷遲疑了片刻，才道：「伊蘭，我私下聽僕人說，爵爺最近很欣賞一位新晉的上校，據說是軍方的後起之秀，可能有意讓他當妳的丈夫。」

她綠眸一瞬轉暗，猶如冰冷的夜色籠罩了湖水，「那個人叫什麼名字？」

「名字不清楚，只知道是秦家的第三個兒子。」瑪亞嬤嬤有些不安，只能無力地勸慰：「伊蘭，對方可能是個不錯的人，爵爺應該考慮得很詳細，或許……」

「我明白，謝謝瑪亞嬤嬤。抱歉，我有點餓了。」

完美的微笑過後，林伊蘭繼續用餐，再也沒有開口。

秦洛，出身於同爲軍人世家的秦家。

看昔日同僚調出的軍方資料，秦洛軍功卓著，聲名鵲起，晉升的速度極快，最近在一次叛亂中因爲救了某位議員而立下大功，榮獲皇家勳章，新的敕令是調入休瓦協防修整，不日即將到任。

砰！魁梧的士兵被重重摔倒，忍不住痛苦地呻吟。

「下一個。」

半晌不見回應。

「隊……隊長……」安姬被其他士兵以眼神示意，硬著頭皮提醒，「沒有下一個，全上過場了。」

林伊蘭抬眼一掃，只見小隊裡的士兵全都臉色青綠、歪歪斜斜地圍在場邊，有幾個甚至扶著腰。今天大概下手重了一點……

「訓練到此爲止，回去休息，明天繼續。」林伊蘭自知控制失當，免去了晚上的操練。士兵們如蒙大赦，互相攙扶著去了。

「看來妳情緒不佳。」戴納一如往常般陰魂不散，倚在牆邊挑逗，「要不要跟我玩玩，我有很多辦法讓年輕女孩心情好。」

「謝謝中尉的好意，我想不必了。」

「妳可以忘記我是上級，」戴納挑挑眉，神色曖昧而輕狎，「我不像鍾斯那麼古板。」

「軍規如此，不敢放肆。」示意安姬先走，林伊蘭已無耐心敷衍。

「當我是一個普通男人？」戴納一手支牆攔在身前，幾乎挨上她的臉，見她靜默不語，他興致更濃，「說眞的，只要試過一次，我保證……」

「滾開！」

戴納一僵，「妳說什麼？」

「滾！」林伊蘭冷冷地重複，榛綠色的眼睛寒如霜雪，不可侵犯的冷峭。

戴納不自覺地退了一步，臉色變得異常難看。

懶得多看他一眼，林伊蘭逕自而去。

「長官……」幾個士兵聚攏過來打趣，「這娘兒們還眞把自己當公主了！」

「臉和身材倒是漂亮，脾氣就……」淫穢的目光望著她的背影。

「聽說是從德爾削下來的，還端著架子呢！」

「這種姿色也捨得往戰場上扔？那些貴族老爺眞是浪費！」

「他們不浪費，怎麼輪得到我們沾手？」

「這麼辣，看來得費點工夫！」

「長官不會搞不定吧？鍾斯那老狗眞礙事！」

一群士兵淫猥地議論了半晌，才發現戴納一直沒出聲，「長官？你不會就這麼算了吧？」

「怎麼可能！」碰了個硬釘子，戴納征服欲更熾，「我本來以爲她是個徒有面孔的刻板女人，沒想到是隻火辣的野貓，反而更有興趣了！」

眾人心照不宣地嘻笑，一言一語地鼓動著，只等隊長到手後，可以分一杯羹。

休瓦基地軍紀極嚴，但常規操訓不重，相較於周圍的鬆散，林伊蘭的嚴苛令下屬叫苦連天，怨聲沸騰。與隊長最爲親近的安姬耳聞最多怨罵，被戰友鼓動了無數次，沒有一次敢開口勸諫。

作爲一個老兵，安姬有自己的眼色，儘管相處時間不長，但她對林伊蘭已有相當程度的瞭解。這位新長官年輕和氣，卻絕非軟弱可欺，情理之內的事會酌情，涉及原則的半分不讓。保持最佳體能是軍人的職責，實在難以用疲勞或其他小隊的惰怠爲藉口推託。申訴無門的士兵唯有苦撐，幾度下來，軍事技能大幅提升，戰鬥力頗有改觀。

「最近幹得不錯！」鍾斯把軍帽一丟，重重一坐，椅子發出了脆弱的聲響。

「謝謝長官。」林伊蘭神色如常。

中尉是典型的軍人，脾氣暴燥，性情粗放，但對欣賞的下屬不吝讚賞。林伊蘭帶的小隊在基地例行比賽中勝出，一時心情大好，忍不住得意起自己的眼光。

「戴納最近還在找妳麻煩？」

「我能應付。」

「很好，像個軍人的樣子。」這回答讓鍾斯很滿意，「有需要記得報告。」

「是。」

林伊蘭微微遲疑了一瞬，被鍾斯看出，「有什麼話，直說就是。」

「隊裡有男兵強迫女兵發生不適當的行爲，可否予以制止？」此類積弊已久，冷眼旁觀之外，她並無許可權管束。

「隨他們去吧！」鍾斯不甚在意，「當兵確實無聊，讓他們有點樂子，也可以少生點事。」

「但這對女兵而言極其惡劣！」林伊蘭堅持勸誡，「她們是來爲帝國效命的，卻必須應付戰場和同僚的雙重侵擾！」

「軍隊不需要弱者。」鍾斯對這一話題不感興趣，「如果一個士兵連自己都無法保護，我不認爲她會是一個合格的軍人。」

「在軍中，女性是少數，體能上沒有優勢，很難對抗不公。」

「那爲什麼妳能做到？」鍾斯往椅背一靠，已有些不耐。

林伊蘭沉默了一下，「因爲我遇見的長官是你。」

鍾斯雖然粗魯，卻沒有染指下屬的癖好，在軍中極其難得。

「不僅僅是我的關係，是妳夠強，有能力應付。」鍾斯有自己的一套看法，「那些女兵明知軍隊是什麼樣的地方，仍選擇入伍，就該有這個自覺。不想被欺凌，可以變強，她們卻多半用身體換取各種便利，引誘混小子們爭風吃醋，憑什麼要我特別照顧？」

「那僅是少數，許多人是迫不得已而忍受。」

「妳對無關的事情關注太多！」鍾斯不認爲有必要繼續，揮手打斷她的話，「軍隊一貫如此，妳的腦筋不該浪費在這方面，對下屬管得太緊只會挫傷士氣，以後少說廢話！」

在失去雙臂的盲眼乞討者碗中放下幾枚銅幣，林伊蘭默默走開。

沙啞的歌聲在風中飄散，街上行人匆匆，早已是司空見慣的麻木。

每個城市都有乞丐，休瓦的乞丐多半是傷殘的礦工。爲了開採帝國必須的晶石礦，他們冒著生命危險進入地層深處的井坑採掘，時常遇上不穩定的晶石爆炸，失去肢體後，唯有以行乞爲生。

扶正軍帽，林伊蘭望了下天色，三三兩兩的人群漸漸圍攏在廣場中的高台，高台上立著鐵柱，下方堆滿了柴薪，奇異的沉寂籠罩著四周，氣氛壓抑而沉鬱。

火刑——西爾國對死刑犯最重的刑罰，也是休瓦中心廣場時常可見的一幕。

宏亮的鐘聲自鐘樓響起，一群赤足的囚犯們被押上街頭，脖子上套著粗重的繩索，牢牢捆縛的雙手灌滿了鮮紅的蠟油，象徵著不容赦免的重罪，衛兵執槍隨行，在長長的街道上巡遊。

街邊擠滿了圍觀的群眾，對著蓬頭垢面的死囚交頭結耳。有女人紅著眼眶盯住某個死囚，壓抑地低聲哭泣。每一扇沿街的窗戶後都有人在觀望，絕望的低迷，籠罩了整個城市。

遊行的長隊中應該還有城中貴族及告密者，他們通常身著白袍，在前方接受群眾的簇擁和歡呼，這次卻集體缺席。與昔日狂歡般的死刑現場不同，假如他們膽敢在此刻出現，極可能被暴動的人群撕成碎片！

林伊蘭立在廣場邊，看遊行的隊伍繞城一圈又回到起點，火刑柱正對的市政廳警戒森嚴，貴族及休瓦城的上層名流在三樓外廊觀看。

遍體鱗傷的死囚是幾個礦工，也是休瓦地下叛亂組織的頭目，身分相當特殊，因此，一場簡單的火刑甚至調動了步兵營監控。

爲求減輕繁苛的採集令，這群人策動礦工罷工，連帶激起了半個城市的動亂，最後被步兵營強行鎮壓，才宣告平息。

軍方在告密者的通報下，擒獲了叛亂組織的頭領，酷刑並未從囚徒嘴中掏出半點線索，卻引來了同黨一次又一次試圖解救，市政廳的縱火案正是其中之一。絕密關押拷問過後，誰也不敢保證叛亂者是否還會製造意外，法官於是宣判公開施以火刑。

悲傷和憤怒瀰散在人群中，作爲一個半數子民皆是礦工的城市，許多人對這場失敗的動亂同情而不甘。人群仇恨告密者，敵視貴族，在森然威壓下又無法反抗，唯有以祭奠般的痛苦，等待火刑的到來。

堆積的柴薪形成了一道半人高的牆，隔絕了火刑柱與人群。囚犯被沉重的鐵鐐鎖在鐵柱上，等待著判決儀式。

戴著銀色假髮的法官誦讀審判書，大聲宣示死囚的每一條罪名。在往常，判決是儀式的高潮，每一句都能引發陣陣歡呼，此刻的回應卻是一片沉默，空前的靜滯帶來壓力，法官不由自主地加快話速，草草完成了宣判。

以火清除罪孽的傳統原始而野蠻，暴力且殘虐，卻因有力的震懾，及能給予受刑者無盡的痛苦，而被一再使用。

淋上油的木柴極易燃燒，火在風的裹捲下飛速竄升，升騰出嗆人的濃煙。溫度越來越高，受刑者的衣服開始燒起來，由於嘴裡塞著破布，難以呼喊，只有扭曲的面容顯示出劇痛，熊熊火焰舔噬著軀體，皮肉燒烤的焦味，瀰漫在整個廣場上。

林伊蘭的臉白得透青，難以控制地心悸，背脊一片冰涼。

儘管位置偏遠，看不見受刑的場面，她依然忍不住顫抖，悄悄退後，避開下屬，躲進暗巷。焦糊的氣息令她無法克制地嘔吐，直吐到胃裡空無一物。

她憎恨這種殘忍至極的刑罰，卻又無可躲避。

不知過了多久，氣味漸漸淡了，林伊蘭擦了把臉，強迫自己走回原處。所有人的注意力全被火刑吸引，無人發現她的異樣。等了許久，市長與貴族終於離去，人潮散開，空蕩蕩的鐵柱上，只剩下幾根焦黑的殘骨。

「長官，妳臉色很不好。」離開了中央廣場，安姬低聲提示。

林伊蘭扣住了濕冷的手，「我有點頭疼。」

「或者找個地方休息一下，稍後再回基地。」安姬好心地建議道。

基地離城不遠，許多士兵結束任務後，會在城中流連，不願返回枯燥的軍營。難得有半天時間能縱情享樂，只要趕上晚間的點名，長官通常會睜一眼閉一眼。

林伊蘭確實不想回基地，放縱了一次情緒，「妳帶他們回去，中尉批准了我的休假，這幾天交給妳，有什麼事向中尉報告。」

「是。」被信任的喜悅令安姬臉微紅，軍靴一碰，她敬了個標準的軍禮。

喧鬧的酒吧門一晃，進來了一位身著軍裝的年輕女郎。

船形軍帽壓在髮際，美麗的臉龐有些蒼白，姣好的身段裹在制服下，別有一種嫵媚糅和英勇的獨特風情。

下午的酒吧寂靜了一刻，女郎走近吧台，對酒保輕聲說了一句，須臾，一杯酒推至面前。她端起來，啜了一口，芳唇一抿，圍在吧台邊的男人心都跳了一下。

女人單身來酒吧是不合適的，但，軍服帶來了無形的屏障。

軍隊橫蠻無良的種種行徑街知巷聞，特殊的身分更受到警備隊的偏袒，平民多避而遠之，因此，儘管美色誘人，垂涎的目光縈繞不去，卻無人敢上前搭訕。

熱鬧的嘈雜聲漸漸回復，她纖長的指尖劃著透明的杯沿，熱辣辣酒液的流過喉間，冰冷的身體漸漸暖起來。吐得太狠是不該飲酒的，但這能讓她稍稍好過一點，酒的味道壓下了舌根的不適。

亂哄哄的酒吧幾乎全是男人，偶爾有酒娘和妓女穿行其中，說著粗俗不堪的笑話，招搖地高聲調笑著。覺察到她的視線，一個風騷妓女望過來，放肆地比了個低俗的手勢，引得一陣哄堂大笑。

林伊蘭沒再看下去，又叫了一杯酒。她不想回家，但除了營地之外，別無去處，再喝一杯待心情平靜，她仍然得踏上歸途。

酒吧門一晃，又進來一群人，越發吵鬧起來。

一色的軍服令人側目，被下屬簇擁在中間的戴納目光一瞥，勾起了意外的笑，摟著迎過去的妓女，親了一口，在她豐臀上拍了拍後又推開，擠到吧台旁。

「眞巧！沒想到妳也會來這。」

眼看手要搭過來，林伊蘭退開一步，「您好，長官。」

其他士兵知趣的沒跟過來，在酒吧另一頭調笑。聚集的士兵引來了更多妓女，酒味、汗味混著廉價的脂粉味，熏得人透不過氣。

「想喝什麼？我請客。」一枚銀幣彈入酒保手中，戴納緊緊盯著她的臉。

「不必，我正要離開，祝長官愉快。」林伊蘭一口回絕。

「陪我喝一杯都不行？」

「我還有事，請長官見諒。」

「眞冷淡，妳是不是在德爾拒絕陪上司睡覺，才會被貶到休瓦？」戴納輕佻地褻問，她不假辭色的疏冷，讓他的慾望更熾，「裝什麼正經？難道還是處女？」

綠眸冷冷地望了他一眼，她將酒錢擱在吧台上。

脂粉味忽然重起來，一個妓女撲入戴納懷中，被他伸臂攬住。妓女放蕩地獻媚，藉著豐腴身形的遮擋，戴納的手一動，吧台上的半杯酒掉入了一撮粉末，迅速消融無形。

林伊蘭戴上軍帽，正要離開，戴納撥開妓女，舉起酒杯，喚住她：「對不起，我道歉，是我過分了，以後我不會再招惹妳。」

突然的示好令人戒愼，林伊蘭一言不發。

「喝一杯吧！算是前嫌盡釋。」戴納笑笑地打了個響指，示意酒保再來一杯。

林伊蘭想了下，端起未喝完的酒，一飲而盡後，擱下酒杯，轉身離去。

一旁的妓女咯咯地笑了起來，與戴納交換了一個得意的眼神。

酒吧很大，在擁擠的人潮中走不到十步，林伊蘭便腳下一晃，眼前的景象突然模糊起來。覺出不對，她心頭一片冰冷。不再浪費時間回望，她推開人群，衝向門口。耳際似乎聽到戴納的喝聲，與妓女笑鬧的士兵紛紛圍聚過來，擋住了她的路。

一個士兵撲跌下去，又一個士兵痛哼著退後，然後是第三個、第四個……猝不及防之下被她闖開了一條路，她撲到門前時，已看不清東西，亮晃晃的光彷彿旋渦，她的靈魂飄了起來。

她似乎撞上了什麼人，踉蹌跌倒，門又合上了，希望也隨之湮滅。她指尖試圖抓住什麼，卻無能爲力，瞬間失去了知覺。

被她撞到的是一個剛剛踏入酒吧的男人，但沒人留意他，喧鬧的環境變得鴉雀無聲，所有人都望著倒下去的女人。

軍帽跌落，短髮凌亂地貼在頰上，側伏的身體呈現出誘人的曲線，失去血色的臉龐嬌柔脆弱，完全看不出能打倒六個士兵的強悍。

戴納撫弄著女人昏迷的臉，柔嫩的觸感令他心花怒放，「我可沒騙妳，經過這一晚，以後是妳主動來找我！」

「長官，我要當第二個！」揉著青紫的胳膊，一個士兵大聲嚷嚷。

「我被她踢了一記重的，第二個應該是我！」另一個士兵出言爭奪。

「上次讓給你了，這回輪到……」

七嘴八舌的爭論吵嚷不休，戴納抄起柔軟的身體，扛在肩上，在士兵的爭鬧聲中招呼酒保，「要一個房間，老規矩。」

接過擲來的鑰匙往裡走，戴納眼前突然多了一個人，原本站在酒吧門口的男人，不知何時擋住了通道。

戴納不悅地喝斥：「滾開！」

「怎麼回事？」男人身畔還跟了一個同伴，聽到喝聲，目光一瞥，已然明白幾分，拍了下朋友的肩，「別插手！」

勸告並未發生作用，男人身形一動，戴納肩上的女人已被奪了過去，他不禁大怒。

將昏迷的女人拋給夥伴，男人與戴納鬥了起來。三兩下，他便壓住了戴納的攻勢，逼得戴納連連後退。戴納不敵，正要拔槍，一柄鋒利的短刀抵住了他的咽喉，壓出了一條血線，四周準備撲上來的士兵全僵住了。

不等反應，男人刀身忽轉，刀柄一撞，將戴納擊昏，又幾下料理了剩餘的士兵，從朋友手中接過女人，走出了幽暗的酒吧。

「她是軍隊的人，不過是狗咬狗，根本沒必要救。你轉性了？」跟上來的同伴不解地詢問，「是因爲這女人漂亮？」

男人淡淡地瞥了一眼，「我欠她人情。」

「你欠她人情？」意外的答案令同伴好奇心竄動，聲調變得促狹起來，「你們認識？你究竟幹了什麼，居然搭上軍隊的人！」

「不認識，」男人不給他半點發揮想像的餘地，「你可以閉嘴了！」

莫名的悸動在身體中流竄，汗水停不下來，衣服成了累贅束縛。她想掙脫，又全然無力，像被無止境的惡夢魘住，逃而不能。

似乎有人幫她褪去了衣服，熱度稍稍降下去，但很快又再度竄起。不懂空虛的焦燥究竟在渴望什麼，她無法忍耐地翻滾，被燥熱折磨的肌膚突然清涼，彷彿淋了一場雨，涼意逐漸延伸，奇蹟般帶走了炙熱，她終於陷入沉睡。

綿長的惡夢中有各形各色的人，有烈火烘烤，有冰冷的眼睛俯瞰，有痛苦的叫喊掙扎，迷濛中，一次次的清涼平復了令人發狂的熾熱。夢中有一雙神奇的手，像瑪亞嬤嬤般細緻安撫，餵她喝下古老的退熱祕方熬製的甜湯。

不知過了多久，她不再感到熱，卻開始簌簌發抖。烈火轉成了漫天的大雪，寒冷席捲了一切。她在無邊無際的冰海裡沉浮，找不到攀援上岸的地方。

「怎麼……」朦朧中，有人在說話。

「她的體質……酒……藥劑過敏……」

「有沒有辦法……」

「可能……」

眼前一片昏黑，她怎樣也睜不開眼，陷在冰冷的深淵，縹緲的意識混沌無覺。似乎有什麼熨貼著她的身體，帶來熱力，逐漸驅走了陰寒，很暖……她變成一隻貓，趴在壁爐的軟墊上懶懶地打盹，瑪亞嬤嬤坐在搖椅上織毛衣，空氣中混著藍莓蛋糕的甜香。

這是哪？

身下的床鋪很硬，陳舊的被褥似乎不久前曬過，還殘留著乾燥的陽光氣息。牆角立著斑駁的衣櫃，鐵架上擱著銅盆，簡陋的房屋乏善可陳。

林伊蘭猛然坐起來，立刻感到空前的虛弱，記憶開始回到腦中。戴納下的藥……那麼她現在……

軍裝不知去向，她身上只套了一件男人的襯衣，儘管除了虛弱外，沒有別的異常，可她不清楚自己到底昏迷了多久……

想到最壞的可能，林伊蘭狠狠咬牙，羞恥和憤怒充塞著胸臆，她恨不得死去。

愚蠢到毀在這樣的伎倆上，完全不可原諒！

她拚力一翻，從床上滾了下來，顧不得疼痛，爬向壁邊的衣櫃，好不容易打開櫃門，裡面只空蕩蕩地掛著幾件男人的衣服，沒有軍服和配槍的影子。

「妳醒了？」突兀的聲音從背後傳來，門邊立著一個男人的身影，逆光下，看不清他的臉。

「你……是誰？」林伊蘭強迫自己鎮定。

不是戴納！莫名的壓力讓她戰慄，沒有力量、沒有武器，她正跪在地上，僅有的襯衣甚至蓋不住大腿，面對男人沉默的注視，她從沒想到自己會這樣恐懼。

僵持了片刻，男人走到她身前，半屈下膝與她平視。

「不用怕，我沒有碰妳的慾望。」

冷峻的面孔似曾相識，她的綠眸驚駭地睜大，「你……」

「對，我欠妳一個人情。」男人抱起她僵硬的身體，把她送回床上，「所以妳不必擔心我會對妳怎麼樣。」

她緊緊盯住他，「我……你在哪裡救了我？」

男人從銅盆中絞了條毛巾，走近，掀開被子。她往後一縮，卻被扣住腳踝，他毫不避諱地替她擦拭在地上蹭髒的腿。

「我自己來！」林伊蘭的臉像著了火，奪過毛巾，在被褥下胡亂擦拭，盡力不去想對方是個男人，分不清羞惱和難堪哪一種更多。

男人倚桌看著她，語氣和神情一樣平靜，「那群傢伙還沒來得及染指妳，妳運氣不錯！」

林伊蘭僵了一陣，忽然把頭埋進了被褥。好一會兒，她抬起臉，濕漉漉的眸子略彎，噙著淚意微笑。

「謝謝你，的確是非常的……幸運！」

戴納用的是一種強力迷藥，更帶有一定的催情效果，配方並不複雜，常在酒吧內流傳，對不聽話的女人來說，非常好用。

原本藥效僅有一天，卻在她身上出現了強烈的過敏反應，若非及時以藥草中和，她險些喪命。據說這樣的機率極低，卻偏偏被她撞上，導致肢體持續乏力。

一個蓄著落腮鬍、像屠夫多過像醫生的男人被叫來看診，結論是仍要持續三、五天，衰竭才能過去。落腮鬍順帶顯示了過於旺盛的好奇，連串的問題，讓她幾乎想繼續昏睡。

「是，我手下有幾個兵……不，他們不用我身體安慰……我的上司也不用……他？我不認識……謝謝你的讚美……我沒有丈夫，即使有也不會是你……絕不可能……沒有，暫時沒有退役的打算……」

再冷淡的態度也凍結不了落腮鬍的笑臉，直到男人在門邊不耐煩地警告：「薩，夠了！小心你的舌頭！」

薩意猶未盡地站起來，不無遺憾地收起破爛的藥箱，被拖出門外時猶不忘探頭，「再見，美人，別被這傢伙佔太多便宜，過兩天我再來看妳。」

屋外傳來砰一聲，彷彿有人被踹了一記，片刻後，男人又走回，似乎什麼也沒發生，

「薩囉嗦了一點，不過是個好醫生。」

「他應該少喝點酒。」不知該說什麼，林伊蘭半晌才答。儘管提了許多無禮的問題，卻沒有惡意的感覺，只讓人尷尬而好笑。

「妳怎麼知道？」

「軍中有些老兵也這樣，手會控制不住地發抖。」

望了她一眼，男人語氣很淡：「薩曾經被軍方的流彈擊中，陰雨天疼得很厲害，不喝酒壓不住。」

林伊蘭倚靠在枕上，輕鬆的感覺又沒了，「我很抱歉……」

靜默持續了好一陣，她的臉越來越紅，最後終於困難地開口：「對不起，可不可以替我找一個女人來幫忙？」

「妳要做什麼？」

她沒有回答，漲紅的臉龐困窘無比。男人突然明白，走出了低矮的房間。

沒多久，進來一個蹣跚的老太婆，風吹就倒的外形，力氣卻出乎意料的大，簡直是挾著她去了隔間的廁所。

這老太婆態度冰冷、動作粗魯，雙手糙得像鋼刷！但，貧民區的人看軍隊就像蛇對鷹的

憎恨，這裡沒人喜歡軍人，薩是例外中的例外，能逃過戴納已經是萬分幸運，她沒理由再苛求其他。

處理完畢，老太婆將林伊蘭扶回床上後，轉身離去。

男人走了回來，遞給她一個鈴鐺，「再有類似的需要可以搖這個鈴，會有人來幫妳。」

「謝謝。」林伊蘭訥訥地回答，只覺尊嚴全無。

04 冷雨

這是他的屋子，僅有一張床，她也沒資格要求他另尋住處或睡地上，所以他理所當然地擠在另外半邊的床上。還好，他又弄來了一條被子，避免了身體相觸的尷尬。

不過新的疑問又生出來了——在她昏迷的時候，他是怎麼睡的？難道……

林伊蘭不願再想下去，這裡是貧民區，他不是禽獸，但看樣子也不是什麼紳士，眼下她完全沒有力量，即使他眞想做什麼，她也不可能制止，希望時間一瞬眼就能過去，結束這讓人難以啓齒的困境。

敵人的憐憫比嘲諷更讓人難堪，他的態度清晰地表明，希望能盡快擺脫她這個麻煩！他不常在屋裡，在的時候也極少說話，但偶爾也有例外——

「妳昨天和今天吃得很少，爲什麼？」

除了剛醒的時候喝完了一碗馬鈴薯湯，她後來的進食少得可憐。

「一直躺著不動，我不覺得餓。」林伊蘭半靠著床頭，凝視窗外，一隻紅嘴黃羽的小鳥在樹葉間飛來飛去地築巢，已經完成了一半。

「食物不合胃口？」

「是我自己沒有食慾。」收回視線，她有點意外。

男人思考了一下，從懷中取出一件東西，拋至枕邊。

「想吃什麼，讓老婆婆去買，這是妳的錢。」

林伊蘭低頭看去，驚訝地發現那是自己的錢袋，「我以爲被偷了！」

「現在物歸原主，」男人並無解釋的意圖，「點一下有沒有少。」

「謝謝，能找回來我眞高興。」林伊蘭沒有數，輕撫了一下錢袋柔軟的絨面，「假如你需要，金幣送給你，我只要這個袋子就好。」

「妳很富有？」男人的語氣有著微微的嘲諷，「對，妳買得起赤龍牙，當然不在乎這些。」

「你救了我兩次。」她想推過去，卻全然無力，只能淡淡一笑。

「我已經得到回報，妳可以用它弄點需要的東西。」

林伊蘭搖了搖頭，忽然想起什麼，道：「不麻煩的話……」

「什麼？」

「可否幫我買本書？」她遲疑著，不知這要求是否過分，「什麼內容都可以，總躺著很無聊。」

「沒有其他要求？」

「不必，這個就好。」

男人看了她好一陣，才又詢問：「想看哪一類？」

沒想到對方竟然識字，林伊蘭怔了一下，才道：「繪畫、小說或詩歌都可以，厚一點的更好。」

傍晚，幾本半舊的厚書擺在枕畔，床邊的矮櫃上多了一盞油燈，燈下放著她的錢袋，同時留下的還有一張字條——

若妳因為讓別人扶妳去廁所太尷尬而不願進食，明天就換成我親自照料！

有了書，時間終於不那麼難熬。

倚在床上，翻著書，林伊蘭逐字閱讀優美的篇章。接觸這種令人愉快的書籍是很久以前的事，如今重拾，吸引又多了一層。

天氣很糟，午飯過後，窗外便瀝瀝下起了雨，滴滴答答的水聲打得鐵皮屋頂不停作響。

林伊蘭在昏暗的光線下讀得有點眼花，推開書歇一歇，門外忽然有了聲音。

零碎的腳步聲不只一人，不知是哪裡的野狗被踢了一腳，傳出一聲哀鳴，跳起來狼狽地逃離。

人聲漸近了，彷彿是幾個孩子在交談——

「眞有一個女人？」這一個女孩的聲音。

「薩說……意外……」一個男孩插口。

「我猜……」另一個男孩嘻笑。

陌生人的聲音令林伊蘭情緒驀然緊繃，空蕩蕩的屋內無處可躲，她環顧身側，從床邊的空碗撈出叉子，縮入了被褥。

似乎被什麼東西撥了幾下，門開了。

「讓我看看菲戈藏起來的女人長什麼樣子！」

兩個年輕的男孩當先衝進來，後面跟著一個蜜色肌膚的少女，三個人瞪著眼，直直地盯著床上的女人。

半晌，一個男孩跳了起來，「肖恩，你看，真有女人，還是個美人呢！」話沒說完，身邊的朋友衝上去卡住了女人的脖子，嚇得他趕緊上前拉開，「肖恩，這是菲戈的女人，你瘋了嗎？」

「潘！」肖恩漲紅的臉上全是怒氣，「我記得她！這女人是軍方的人，當初差點用詭計殺了我，菲戈肯定是爲了報復才把她關起來折磨，我要把當時的帳討回來！」

「軍方的人？怎麼可能，她……呃……好像……」潘突然覺得對方有點眼熟。

一旁的女孩仔細打量被拖到地上、衣衫不整的女人，「潘，我記得她，我們偷過她的錢袋，爲了給肖恩買藥。後來你不是告訴了菲戈？」目光一轉掃到床頭的矮櫃，她道：「你看！」

三人望著櫃上的書和錢袋，越來越迷惑。

「黛碧說得對，事情有點奇怪。」倒出錢袋，瞟了瞟金幣，潘不明所以地撓頭，「一個子兒也沒少，難道菲戈認識她？肖恩，你確定沒認錯人？」

「怎麼可能！」肖恩銳聲否定，「那天是菲戈救了我，一定是看她長得不錯，留下來自己享用。」

「沒人會喜歡軍隊的人，菲戈更不可能！」黛碧一口否定，閃亮的眼睛燃起了火花，「他連喬芙那樣的女人都不要，怎麼可能看上這個瘦巴巴的醜女人？」

「妳說她醜？我可不這麼認爲。」潘提出反對意見。雖說頭髮短了點，但這女人的容貌非常漂亮，怎麼看都是難得的美人。

「你懂什麼？男人喜歡喬芙那樣大胸的女人，所以她生意才會那麼好，這是薩說的。」發育良好的黛碧驕傲地挺了挺胸，「以後我會比喬芙更漂亮！」

潘瞧著黛碧鼻梁兩側的雀斑，嚥了下唾沫，明智地停止了爭辯。

「妳和菲戈是什麼關係？」肖恩凶狠地逼視著女人，越想越可怕，甚至拔出了槍，「是不是妳用美色勾引他說出一切，然後私下通告軍方，以殺死我們所有人？說！不然我殺了妳！」

「肖恩，」潘覺得他反應過度了，「她只是個女人，我想沒那麼嚴重。或許，我們可以等菲戈回來再問問。」

「菲戈有什麼問題，竟然把她藏在這！要不是薩說漏嘴，我們無意中撞破，根本不會發現貧民區裡有軍方的人！」肖恩的情緒十分激動。

「菲戈不可能看上她，一定是這女人的錯！」黛碧尖叫，反駁肖恩的指控，「軍隊裡的女兵全是妓女，天知道她用了什麼噁心的方法勾引了菲戈！」

「我不是間諜，」女人終於開口說話，清澈的眼眸悲哀又無奈，「我甚至根本不認識他。他只是偶然救了我，過兩天傷好了，我就會離開。」

「菲戈居然對軍人心軟？他很清楚你們全是冷血的劊子手！」肖恩一個字也不信，越加篤定自己的推斷，冷笑著質問：「妳的手腳是怎麼回事？再給我一拳試試。菲戈對妳做了什麼，讓妳跑不掉，所以妳才用身體來迷惑他？」

林伊蘭試著解釋複雜的事實，卻被槍指住了頭。

「肖恩，你該問問菲戈，別衝動行事，畢竟他……」潘試圖勸說。

「軍隊燒死了我父親，這個女人也有份，她還曾經想殺了我，我一定要問出他們到底想幹什麼！」肖恩完全聽不進去。

「把這個婊子脫光衣服遊街，這樣她一定會說！」黛碧興致勃勃地貢獻點子，帶著孩子式單純的惡毒，「把她的頭髮燒光，牙齒可以拔下來賣個好價錢。那些貴族都是這麼對付女囚的，我看過。」

「菲戈會很生氣，你不該背著他擅自行事！」潘覺得事情越來越不對，「目前這個女人在他的保護之下。」

「我倒覺得黛碧的主意不錯，等我們問出她的陰謀，菲戈也無話可說。」肖恩的臉現出一絲殘忍的快意，「誰叫她是軍方的人！」

不顧潘的勸說，肖恩一手執槍，另一隻手去撕林伊蘭的衣服，一把就扯掉了兩顆釦子。他還要繼續，她手上突然多了一把叉子，他猝不及防，臂彎中了一下，半邊胳膊頓時麻痺，等回過神，已經被她奪走槍，頂住了腰肋。

潘僵住了，黛碧還沒明白發生了什麼事，回過神後，立刻開始尖叫。

「閉嘴！」林伊蘭的聲音有點沙啞。

潘立刻摀住了黛碧的嘴。

雨越來越大了，林伊蘭環住雙臂，試圖讓自己保留一點溫度。在漫無邊際的貧民區裡找到出路是一件異常困難的事，尤其還得不停地躲避。

那三個孩子驚動了許多人，她必須盡快逃離，但，黑沉沉的夜色既是護翼，也是探索路途的障礙。隨處可見的廢物和瓦礫令她摔了好幾跤，許多地方根本沒有路，順利走出這裡的可能性極低。

她不知道自己是不是給那個男人惹了大麻煩，讓潘和黛碧待在屋裡不許出聲，挾持著肖恩離開是她唯一的方法。她沒辦法讓三個孩子相信自己無辜，更不能讓他們有機會喊來其他人，這裡的人捉住落單的軍人，光著身子遊街僅是不太糟的可能之一。

打下一塊磚頭砸昏了肖恩，剩下的只有賭運氣了。而目前看來，她的運氣很糟！藏在一堵半頹的牆下躲雨，林伊蘭已經完全沒力氣挪動。天一亮，行跡將會徹底暴露，到那時……

休瓦的秋天很冷，拿槍的手凍得失去了知覺，她輕輕呵著手指，放在心口暖著，希望到最後仍有扣動扳機的力氣。這樣難堪的死法不太像一個軍人，不過除了瑪亞嬷嬷，還有誰會在意？或許她的墓碑會刻上「終其一生都無能的倒楣的林少校」……

身體漸漸覺察不到冷，林伊蘭的眼前彷彿出現了死前的幻覺。一個比夜色更深的身影越走越近，雨澆在防水外套上，形成了一圈薄霧。

走過大大小小的水窪，男人在她面前停下，幽暗的眸子盯著她，半晌，伸出指尖，碰了碰她的臉然後他脫下外衣，包住她。她想說用不著，反正身體早就濕透，卻連張嘴的力氣都沒有。

透明的雨順著他的臉頰流淌，他下頜的線條有點僵硬，抱起她，走得很快。回到舊屋，他踢開櫃子，找出一瓶酒，咬開瓶塞，給她硬灌了半瓶下去，然後乾脆俐落地扒掉兩人所有的衣物，在床上用被子裹成一團。

赤身裸體被緊緊摟在一個陌生男人懷裡，林伊蘭已經沒力氣發怒或反抗，胃裡的烈酒變成了一團火，燒得她頭腦一片模糊，彷彿有火在眼前蔓延，世界不停地旋轉，無邊的黑洞，吞噬了她殘餘的意識。

醒的時候，每根骨頭像被拆過一遍，身體隱隱作痛，林伊蘭蜷在被子裡動了下，輕輕吸了口氣。

男人走過來，在床邊俯瞰著她。

靜了半天，林伊蘭問出第一句話：「我睡了多久？」

「三天，」男人提供答案，「妳發高燒。」

身體仍然無力，不知是藥效或生病所致，林伊蘭不禁有些煩亂。

「在想什麼？」

「休假快結束了……」她無意識地輕喃。在尚未恢復體力的情況下回到軍隊，並不比待在貧民區裡好多少，但逾期不歸的結果也不容小覷。

「妳只擔心這個？」

林伊蘭回過神，「謝謝你又救了我一次。」

男人一言不發，她不知道他的表情是否該稱爲「不悅」。

許久，他再度開口：「沒什麼話要問了？」

林伊蘭想了一陣，道：「我給你惹麻煩了？」

「沒有。」

「醫生有沒有說我幾天能復原？」

「七天內體力恢復，但連著兩次重病，必須調養很長時間。」

林伊蘭略微心不在焉，「謝謝，我明白了。」

男人望著她很久，拖過一張椅子在床邊坐下，端起放在一旁的馬鈴薯湯。

「我可以自己喝。」胳膊一動，林伊蘭呆了一下。光裸的臂上有著多處包紮，她暗中摸了一下身體，所有傷全上過藥，腳和腿裹得密不透風。

逃走時，她腿腳無力，蹭爬滾……各種方法都用過，此時才發現傷痕累累，不知在雨水裡泡了多久。

「抱歉，一定費了很多藥！」身體被包成這樣，大概醫生全看光了，林伊蘭已經懶得去想羞恥之類的問題。

男人的臉色更難看了，沉聲命令：「張嘴。」

林伊蘭很想自己喝，但直覺告訴她最好照辦，反正丟臉的事已數不勝數，無所謂再多一次。

直到一碗湯喝完，男人才又開了腔，語氣恢復了平靜：「肖恩的父親是我的老朋友，死在軍人手裡，所以肖恩極度仇恨軍人，參與了襲擊市政廳的行動。那次他嚴重失血，拖了很久，險些送命，用赤龍牙才救了下來。是妳救了他，對於他冒失莽撞的無禮行爲，我替他向妳道歉。」

並不想聽，也不覺得有解釋的必要，林伊蘭靠在枕上點點頭，「我知道了，謝謝。」

男人深邃的眼睛盯了她很久，讓她莫名其妙，不明白哪裡又出了錯。

他卻沒有再說，放下碗，把椅子稍稍往後，換了個放鬆的姿勢，「睡吧！」

林伊蘭瞥了眼窗外，天光正亮。

「在妳復原之前我不會離開這個房間，妳可以安心休息。」

她想說什麼，又忍住了，閉上眼，開始努力催眠自己。

林伊蘭睡得太久，覺得有點噁心。男人看起來真打算時刻不離，除了她去廁所的時候在簷外站了一會兒，其他時間，他全在屋子裡看書。

她連坐起來的力量也沒有，翻書更不可能，極度乏味之下，她改數窗外的葉子，數了半晌，頹喪地放棄了。天冷又下了幾天的雨，葉子沒剩幾片。

「妳很無聊？」他突然發問。

「還好。」

「這裡不是囚牢，妳可以說實話。」男人合上手中的書，淡淡道，「也可以提問或要求，我視情況回應，不能提及的會帶過，不會懷疑妳是否在刺探。」

林伊蘭錯愕了片刻，從善如流地發問：「你在看什麼書？」

他展示了一下封面——一部被帝國列爲禁書的學者著作。

「那本書在講什麼？」她一直很好奇。

「討論貴族與議會對這個國家意味著什麼。」

很驚悚的內容，足夠讓作者上火刑柱！

「你怎麼認爲？」

「以前我認爲是蛀蟲。」男人若有所思地看著她，眉梢微揚，「現在覺得似乎有些特別的地方，耐人尋味。」

她避開對方的視線，問出下一個問題：「你對軍隊的看法如何？」

「平民的敵人，皇帝和議會的走狗，少數貴族提升爵位的捷徑。」

十分精準的概括！林伊蘭自嘲地笑笑，又問：「我的衣服和配槍呢？」

「離開之前由我保管，走的時候還給妳。」冷場了一陣，他揚起眉，「沒了？」

她的目光掠過桌上的碗碟，「馬鈴薯湯是誰做的？」

話題突然跳轉，男人怔了一下，「很難吃？」

「也許生馬鈴薯味道更好一點。」

「說得對！」他沉默了片刻，「可惜我只會這一種做法。」

「或許你該加點香蘭草和黃油，起鍋的時候放，這樣不管怎麼弄，味道都不會太差。」

林伊蘭眞誠地建議。

男人冷峻的臉上第一次出現了某種類似尷尬的神色，「下次我會試試。」

夜，靜得能聽見老鼠爬過院子的窸窣聲。林伊蘭緊緊咬著唇，傷口難耐的癢意不斷刺激神經，持續的折磨令人崩潰，她忍了又忍，終忍不住，摸索著試圖拆開紗布。

「別動。」半邊床上貌似沉睡的男人突然出聲，側頭望過來，「妳受傷的地方不少，敷紮的時候用了最好的草藥，缺點是癒合的時候會很癢，撓了會留下難看的疤痕。」

林伊蘭停止了片刻，癢越來越鑽心，「要忍多久？」

「大約一夜。」

她呻吟一聲，確定自己沒有足夠的耐力，「能把我打昏嗎？」

「妳近幾天昏迷和用藥的次數太多，最好不要。」男人停了一下，點亮油燈，半坐起來，隨手抽了本書，「我給妳唸小說，轉移注意，妳盡量忍過去。」

簡陋的板屋內，低沉的男聲不疾不緩地誦讀著。昏暗的油燈映出了他清晰的側顏，柔軟的舊襯衣領口微開，淡化了鋒銳的氣息，看上去隨意而慵散。

林伊蘭失神地望了一陣，癢意又佔據了心神，禁不住悄悄拆開腿上一塊紗布，剛揭開一角，一隻手便隔著被子壓住她，幽暗的眼眸，讓她錯覺自己落入了陷阱。

「妳不怎麼合作。」他語氣很平，卻像在責備。

她突然感到不自在，「謝謝，可我是軍人，不在乎疤痕……」

話還沒說完，陰影遮沒了光，男性的氣息一瞬間壓了下來。

溫熱的物體描摩著她的唇線，又啓開齒間，放肆地觸探著，舌尖糾纏不放。她想躲，卻被壓在枕上，無處可逃。他的呼吸越來越重，定住她的頭，不容躲避，極具技巧的吮吻令她背脊竄起一陣酥麻，幾近失控的感覺，讓人害怕。

結束這個吻，他隔開一點距離俯視她，拇指蹭了下被吻得鮮紅的唇，「如果妳再犯……」

低啞的聲音蘊含警告，深黑的眼眸毫不掩飾慾望。她閉上眼，呼吸紊亂，不敢有任何動靜。隔了許久，聽見他輕輕一笑，拾起書，又唸了起來。

漫長的一夜過去，窗邊透出了晨光。

林伊蘭詫異於自己竟然忍過來了，難耐的刺癢終於消失，她側過頭望向身旁。

半斜的身體倚在床頭，沉睡中異常安靜。閉合的眉眼輪廓極深，給人一種堅毅的感覺，修長的手壓在泛黃的書頁上，指間的薄繭卻令人聯想起握刀時的犀利……

男人靜止的睫微微一動，她立刻合上眼。過了片刻，有人替她將被子緊了一下，又過了半晌，毫無動靜，有什麼突然碰了一下她的唇，彷彿手指驗證觸感似地劃過，轉瞬又消失。

藥果然很有效，拆去繃帶後，淡紅色的疤痕遍佈，但已無疼痛的感覺，比想像中癒合得更快。

最嚴重的傷在腿上，男人執起林伊蘭一隻腳檢視，粗糙的指尖輕按。初癒的肌膚異常敏感，觸碰讓她極不自在。

他瞧了她一眼，「恢復得很好，近兩天不要沾水。」

「謝謝，我的衣服……」

男人站起身，開啓櫃子底部一個夾層，拿出了漿洗乾淨的軍裝，配槍、軍靴一應俱在。

換下舊襯衣，林伊蘭穿戴整齊，扣好配槍，走出了留駐多日的矮屋。

男人在簷下等著，藉著屋內透出的微光打量了片刻，「妳不合適當軍人。」

「說得對，」林伊蘭心底一黯，淺淺一笑，「可惜我只有這個選擇。」

他不再說話，轉身向外走去，林伊蘭隨著他走過狹長的小巷，夜色掩去了軍服和旁人的注意。她的體力尚未完全恢復，幸好他走得不快，跟得不算吃力。

轉過一個屋角，男人突然停住。前方有個少年的身影，一見他們就靠過來，被男人截住，低聲說了幾句後，朝她走來。

「潘想向妳道歉。」他簡短地說明，讓身後的少年上前。

「對不起，我想……妳是個好人。」潘有些侷促不安，「肖恩不相信是妳給了赤龍牙，可我知道是眞的。我們不該那樣對妳，妳和軍隊那些混蛋是不一樣的。很抱歉害妳受傷，薩說妳差點死掉，我……」他抓了抓耳朵，難掩窘迫，「請原諒我們，原諒肖恩。」

「已經過去了。」林伊蘭想了想，又補充道：「即使壞人也別讓他光著身子遊街，那非常惡劣！」

「不會的，黛碧見過貴族懲罰女囚，所以……我不會讓他們這麼幹！我保證再不偷妳的錢袋，也不讓別的孩子偷。」

「那麼我原諒你。」

貴族……望著得到寬恕後釋然退開的少年，林伊蘭默默嘆息。

男人沉默了一會兒，淡淡地開口：「我只送妳到這，走完這條巷子是大街，隨手就能招到馬車。」

林伊蘭點了點頭，微有一絲猶豫，「你……願不願意告訴我你的名字？」

「妳不是已經知道？」低頭凝視著她，男人神情難測。

「如果你不願說，我會忘掉。」

「那麼記住吧！雖然沒什麼意義。」男人的笑微帶嘲謔，「祝妳好運！」

纖秀的身影被屋子遮沒，消失於視線之外。

潘湊上前目送，男人瞥了他一眼，「你跟肖恩交情最好，爲什麼相信我？」

「她是個好人，雖然我不懂。」沒有道歉時孩子般的無措，潘顯出超乎年齡的成熟，「黛碧的妹妹把鼻涕擦在那件看起來很貴的風衣上，她一點也沒有嫌惡的表情，我本來以爲她愚蠢又無能，沒想到她竟然是軍人，還擊倒了肖恩。」

儘管慶幸，潘仍然不能理解，「她爲什麼不把黛碧扭到警備隊？那群傢伙爲了討好軍隊，就算砍掉黛碧的手，也會把錢袋追回來。那麼多金幣，她居然就這麼算了？」

男人拍了拍潘的腦袋，沒有說話。

靜了一刻，潘又開始發問：「菲戈，你喜歡她嗎？」

菲戈沒有回答。

「我從沒看過你對女人這麼有耐心，」潘口無遮攔，陷入了遐想，「其實她挺不錯，臉長得漂亮，身材又好，胸雖然沒有喬芙那麼大，但也很誘人。肖恩撕她衣服的時候我看見了，絕對不是黛碧說的那麼平……」

「閉上你的嘴！」菲戈打斷他，聲音忽然變冷。

「我說的是事實。」潘充耳不聞，仍在想入非非，「你不是救了她？完全可以跟她來一段。可惜年紀差太多，不然我都想試一試！」

「她不是你能碰的女人。」菲戈冷冰冰地丟下一句，轉身走回。

潘蹦跳著追上去，叫嚷聲越來越遠。

林伊蘭回到軍營，一切又回復到熟悉的軌道。不等戴納有機會找麻煩，一起意外事件，影響了整個城市。

火刑後沉寂一時的叛亂組織，以巧妙的手法混入了休瓦警備隊駐地，暗殺了出賣前任首領的告密者。事發的深夜毫無警兆，哨兵被人潛至近身刺死，直至第二天換崗衛兵輪班時，才被發覺。

死者被吊在房梁，胸口遭利刃刺穿，腳下堆著告密得來的賞金，亮晃晃的金幣被滴落的鮮血染成紫黑。叛亂者堂而皇之的復仇猶如一場公開挑釁，激起了休瓦貴族與法官的不安，幾度全城搜查，一無所獲，陷入了空前的警戒。

「謝謝妳，安姬。」

林伊蘭接過下屬遞來的文件，隨手翻閱軍方內部通令時，安姬突然在後方小聲咳了一下。

抬頭見戴納和幾個士兵迎面而來，林伊蘭退到一旁，依軍中上下級慣例讓路。

同一時間，戴納看見她，眼神輕鄙中夾雜著不甘，停下來譏諷道：「那天那兩個男人的表現讓妳很不滿意？看妳瘦了很多，是不是對方太粗魯？真可惜，換成我會更有情趣，絕對讓妳爽到哭出來！」

兩個？林伊蘭心下一動，嘴上卻不動聲色地反擊：「不勞中尉動問，倒是聽說中尉受傷不輕，有沒有請軍醫看過？」

戴納額上青筋一跳，「賤貨！被別人白睡了還端架子，遲早我會試試妳到底有多騷……」

「好。」林伊蘭截斷他的話，眼神如冰，「今天晚上訓練場一對一，只要你贏得了我。」

戴納愣住，隨即興奮得難以自控，「妳是說眞的？」

林伊蘭冷冷一笑。

爆炸性的新聞傳遍了軍營，步兵營最刺手的玫瑰公然挑釁中尉連長，以陪寢作賭，聳動的消息讓當夜的訓練場人潮空前，擠得水洩不通，甚至開出了賠率，下注者無數，其中不乏高低各級軍官。

日復一日的軍營生活無聊乏味，女人和鬥毆是最具吸引力的話題！

戴納在軍中服役多年，搏擊的技巧相當出色，比新調入的林伊蘭更令人看好。多數人認爲這是女人順水推舟的調情伎倆，縱然開出了極高的賠率，賭局仍是一邊倒。

結局令所有人瞠目。

避過了前期攻擊，林伊蘭鬥至中場開始回擊，戴納攻擊的重拳被她擋開，右肘閃電般由下而上，撞在對手下顎，裂開的傷口飛濺出鮮血，戴納搖晃著退後。林伊蘭並沒有停頓，當連續重拳擊在失去抵抗的戴納腹部，全場都聽到了骨折的聲音，血從戴納口中湧出。

林伊蘭美麗的綠眸冷酷無情，露骨地顯現出輕蔑。她接過安姬遞來的毛巾，擦了擦手後甩下鬥場，逕自離去。溫和低調的形象轟然崩塌，現場一片啞然，半晌，才有回過神的士兵呼喊軍醫急救。

林伊蘭之名，從這一刻起響徹軍營！

05 聯姻

鍾斯凶惡地皺著眉，瞪著漂亮的女下屬，好像她犯了滔天大錯。

「下顎骨折，三根肋骨骨折，其中一根險些戳進肺裡，軍醫說就算治好，戴納也不可能正常服役了，上頭對這件事很憤怒！」

香豔的鬥毆產生了如此嚴重的後果，誰也沒有料到。

「對不起！長官。」她的表情沒有半點愧疚。

「有上尉認爲應該開除妳的軍職，送上軍事法庭審判。」區區一個下士，而且是女兵，在眾目睽睽之下打殘了中尉連長，著實讓某些人顏面無光，「我得說妳非常衝動！極度愚蠢！」

「是，長官。」她的語氣也沒有半點惶恐。

「爲什麼下重手？」當著全軍營的面報復，不能不說囂張過頭。

「他活該。」惜字如金的答案。

「他惹到妳？」鍾斯對此毫不意外，戴納遲早會爲自己的狂妄付出代價。

「是。」

鍾斯頭疼不已，他早該發現這個完美下屬骨子裡的桀驁，戴納顯然做出了某些不可饒恕的舉動，徹底激怒了她。

越想越棘手，鍾斯索性直著嗓子吼出來：「妳不知道這種傻瓜行徑會讓妳坐牢？」

林伊蘭十分平靜地道：「我認爲這是軍隊的較量方式，絕對公平。」

公平？太他媽的公平了！可她是個女人，又是以下犯上，等於送給上頭一大堆現成的罪名。雖然海扁戴納那個混球讓他很爽，有這樣的下屬相當風光，但麻煩的是如何將事情壓下來，不讓她受到軍法制裁而完蛋。

「給我去禁閉室反省一星期！」

「是。」林伊蘭行禮告退，絲毫不見關禁閉的沮喪，反而微微一笑，「聽說長官是少數押我勝利的人之一，多謝長官對我的信任。」

饒是粗豪，在那雙含笑的綠眼睛下，鍾斯也忍不住臉紅了，一個「滾」字在舌頭上翻了一圈又壓下，粗魯地趕走了這個過度聰穎的下屬。

沒錯，他是押中寶，贏了一大筆，但這可不是他決意維護的主因。

他什麼時候才能少爲這群兔崽子費心？

禁閉室是一間極小的黑屋，密閉壓抑，冰冷空蕩。獨自待一星期是一種意志上的折磨，相當不好受。不過這不是第一次，林伊蘭早已學會怎樣應對。

熬過七天，回到小隊，她洗去堆積一週的塵垢，清潔的感覺猶如重生。

剛走出浴室，安姬衝了進來，眉間淨是驚惶擔憂。

「長官，上頭說穆法中將要見您，立刻！」

沒有任何驚訝，林伊蘭拭乾短髮，拎起乾淨的軍服換上。

「我知道了，謝謝。」

穆法中將是基地僅次於上將的第二號人物，在上將離開期間統領一切事務。雖是軍人，他仍有一種爾雅的貴族氣質，蹙眉的時候又有種威嚴。

盯住林伊蘭一言不發，良久，他嘆了口氣：「坐。」

林伊蘭端正地落坐。

「眞不懂令尊到底怎麼想，」穆法中將揉了揉額角，頗爲頭疼，「要不是鬧出這件事，我完全不知道妳被調到了休瓦。他到底要幹什麼？」

把漂亮的女兒削去軍銜，丟進步兵營，虧那傢伙做得出來！

林伊蘭微笑著保持沉默。

「他有沒有對妳說過這麼做的原因？」

林伊蘭斟酌了一下，道：「父親認為我缺乏軍人的必要素質。」

穆法中將不以為然，「他是指哪方面？」

「大概是進取心。」

「比如？」

「我晉升的速度太慢。」

「我記得妳剛開始做得不錯。」

「後來轉了文職，這是我個人的決定。」

「所以他很不滿，把妳弄到這裡，作為懲罰？」穆法中將已經有相當的瞭解。

林伊蘭沒有接話。

聰明美麗卻沉默少言，穆法中將幾乎看著她從幼年的活潑變成了如今的隱忍，禁不住惋惜而微惘，「等令尊回來，我跟他談談。」

「謝謝，但讓穆法叔叔為這點小事費心，伊蘭會有罪惡感。」

穆法中將瞪了她一眼，兩人都笑了起來，蘊含著同樣的無奈。誰能改變那個人的意志，足堪稱奇蹟！

「算了，不提那傢伙。妳是怎麼回事？」摸出煙斗，裝填煙絲，穆法中將以長輩的姿態詢問：「堂而皇之地打斷別人的骨頭，風格很不像妳。」

「動手比較痛快。」林伊蘭十分坦然，「打一場以後，能省不少麻煩。」

「下層這方面確實騷擾太多。」穆法中將了然地哼了一聲，「我得說，妳這次的做法很像妳父親，那傢伙當年從學院打到軍隊，簡直讓上司頭疼欲裂！」

「我讓長官頭疼了？」林伊蘭淺笑著調侃，「請告訴我處分決定。」

穆法中將翻動著幾份報告，猶如一個對孩子無可奈何長輩，「提議重懲的一大堆，戴納的上司賴著我要懲飭令，妳的直屬上司又動用了所有關係力保，我該選哪一個？」

「不是選好了？七天禁閉我已經執行完畢。」

拿下煙斗，穆法中將不無懷疑地道：「老實說，妳是不是故意趁他還沒回基地這麼做的？」

「我可不會承認，」林伊蘭眨了眨眼，「時間只是碰巧。」

沒錯過一閃而逝的調皮，穆法中將大笑起來。

重創戴納僅被關了七天禁閉，如此輕的懲處讓人匪夷所思，謠言不脛而走，誰也猜不出她究竟有什麼樣的後台。

林伊蘭一如平常，對紛至遝來的探問草草帶過，毫無驕矜之態。

例行常規訓練之後，她翻開了從穆法中將那裡得來的軍方內部資料，仔細讀完每一個字後，合上檔，發了一會兒呆。

休瓦城混亂的現狀僅是龐大帝國的縮影，其他城市的平民同樣辛勞而收入菲薄，農民應對昂貴的地租，日子更爲艱難。皇室和貴族奢華揮霍無度，越來越依賴於軍隊的威懾保護，以至近年軍方的勢力幾可與議會分庭抗禮，新銳的軍官晉升極快。

竄升的年輕軍官成爲炙手可熱的新貴，他們往往是不具承襲爵位資格的侯門子弟。大膽激進，野心勃勃，渴求與之相配的財富地位，但資格深厚的議會元老卻不肯讓出權力共用，在根基未穩的前提下對抗高階貴族又力不從心，這些年輕的野心家轉而以另一種方式尋求支援，比如聯姻。

對門第高貴的世家而言，這種聯姻是頗具賭博風險的投資，可能輸入新血，讓家族更趨興盛，也可能錯挑了一個毫無價值的攀龍附鳳者，一切全憑選擇的眼光。

爲愼重起見，與家族旁系的未婚女性聯姻是慣常的作法，例如父親選擇了秦洛，證明對方非常優秀，足以使人另眼相看，又或是她已令父親徹底失望。當然，最大的可能是兩者兼而有之……

林伊蘭打開尚未拆封的煙盒，抽出一根點燃，從未受過刺激的肺猛烈地嗆咳起來，勉強適應後，她又吸了幾下，逐漸掌握技巧，苦澀的氣息讓心緒平靜下來，嫋嫋淡煙升騰，她輕輕閉上了眼。

在門前駐立良久，林伊蘭終於叩了兩下，在獲得許可後推門而入。

胡桃木辦公桌後的男人批閱著堆積的公文，絲毫不予理會。她隔著相當的距離，默默地打量對方。

希臘式高挺的鼻梁配上法令紋，予人一種剛愎傲慢的印象，混合著與生俱來的氣質，成了一種貴族式的矜冷。

從有記憶以來，她從未見過這張面孔展露笑容，這張臉的主人似乎被神靈剔除了一切無用的情緒，沒有歡樂悲傷，沒有憂愁憤怒，只餘強勢而絕對的控制。

佇立許久，男人停下事務抬起頭，一模一樣的榛綠色眼睛冰冷苛刻，帶來莫名的壓力。

「參見將軍。」林伊蘭照例按軍銜稱呼致禮，一如上下級之間的程序。

他是休瓦基地最高指揮官——上將林毅臣，軍界最具威望的實權人物。西爾國世襲公爵、薔薇林氏族長、沙珊行省的領主……炫赫的頭銜之後還有不太重要的一項——她的父親，對這一點，他們彼此同樣遺憾。

公爵掃視著數年未見的女兒，語調和神情一樣冷淡，「在底層感覺如何？」

「還好。」

「據說妳在步兵營幹得不錯。」

「是長官照顧。」

「妳打了一個人？」

「是。」

「妳已經成年了，」公爵平靜地嘲諷，「爲何除了幹蠢事之外，始終毫無長進？」

「對不起。」她同樣平靜應對。

「我以爲妳在底層能學聰明一點，看來還要更久。」

「如果將軍認爲有必要的話。」

「管家說妳上個月提了一筆款項？」公爵掠了一眼手邊的報告。

「朋友暫時借用，下次回家我會塡回去。」

「我已經告訴他，有合理的需要，可以讓妳自行支配。」

「我會向管家說明理由。」林伊蘭當然不會傻到以爲這句話意味著寬容。

「還記得林晰？他在帝都受訓，今後幾年將在家中常住，回去記得打個招呼。」公爵口氣淡淡，隱約流出欣賞之意，「他學得很快，在學院表現相當出色，我比較屬意由他來繼承林家的爵位。」

「是。」林伊蘭衷心希望那位比她小幾歲的表弟能有好運。

公爵注視她片刻，彷彿在解剖她深藏內心的情緒，「妳對此事的看法如何？」

林伊蘭謹愼地對答：「很高興將軍找到了合適人選。」

「是該高興。」公爵的聲音忽然冷硬無情，一如凜人的寒冰，「這代表妳的無能終於有了逃遁的藉口。」

「我很抱歉。」

氣氛僵冷了一刻，公爵召喚副官：「請秦上校過來。」

沒多久，一個英俊的男子叩門而入，顯露出恰到好處的尊敬，「將軍？」

「林伊蘭少校，」公爵簡單到極點地說明，「秦上校剛剛調任休瓦，由妳引導熟悉一下環境。」

「是，將軍。」林伊蘭對此並不意外，僅僅生出了一縷微倦的無力。

秦洛側頭望過來，一瞬間難以控制震愕。

平心而論，秦洛是個不錯的人，承襲了秦家聞名的好相貌，又不見貴族子弟慣有的浮誇矜傲，舉止端正得體，言談之間極有分寸，甚至不曾探問為何軍銜少校的她身著低級軍服。

「秦上校何時來到基地？」

「一週前。」秦洛的微笑十分優雅，「對這裡完全陌生，還請林少校提點。」

明知對方這是謙詞，林伊蘭仍詳細介紹了基地概況，盡職地帶領這特殊的客人各處參觀。

顯然秦洛相當擅於交際，一週內已結交了不少人，沿路頻頻遇上友好的致意。林伊蘭不動聲色地觀察，心底多了一份了然。

紛亂的休瓦對市民與貴族來說是地獄，但對渴望建功立業的軍界新銳而言，卻是求之不得的機遇之城。毫無疑問，秦洛有相當的野心，並且正爲獲取機會而盡一切努力。

大略瀏覽完畢，引導秦洛在休憩區的圓桌旁坐下，林伊蘭要了兩杯咖啡，「這裡的咖啡不錯，在軍營已屬上乘，秦上校可以嘗嘗。」

「請叫我秦洛，我想，我們已經是朋友。」

「我在學院時曾聽說過上校。」儘管林伊蘭入學時他已畢業，卻也曾聽說過這位以豪爽作風及打架滋事聞名於校史的風雲人物。

「這是個教訓，年少時別做傻事，否則流傳時間會比妳想像中長得多。」秦洛當然清楚自己的歷史不算光榮，一笑而過，「我也從夏奈口中聽說過一位完美的女性，一直想見一見，現在我認爲他確實沒有誇大。」

林伊蘭的優點之一是從不讓人尷尬，「您認識夏奈？」

「他是我在帝都的好友，雖然家族富有，但地位稍遜，初入憲政司時，被那些老傢伙整得很慘，我們經常一起喝酒。」秦洛刻意談起一些關於夏奈的趣事，讓氣氛變得十分輕鬆。

低頭輕攪咖啡，林伊蘭帶著淺笑傾聽。以秦洛的出身階位，何嘗不是同樣與夏奈一樣，處於受人壓制的境地？趣味相投不足爲奇。

「是否有幸知道伊蘭何時休假？」愉快的交談到最後，秦洛落落大方地邀約，「聽說休瓦有家餐廳不錯，我希望能與伊蘭一同品嘗，以答謝方才詳盡的解說。」

林伊蘭避重就輕地道：「近來休瓦局勢緊張，各方面提高了警戒，控制無關外出。基地的環境或許不如帝都自由，但願不致影響上校的心情。」

「軍令第一，但也該有適當的放鬆。」秦洛並不放棄，「我對這座城市還不熟悉，非常希望能有一位嚮導。」

「很遺憾，休假時我必須回家探望。」林伊蘭婉言回絕，「如果您需要，我可以請同僚代爲效勞，他們很樂意結交一位新朋友。」

「沒關係，是我冒昧，或許局勢稍緩以後，伊蘭能重新考慮。」秦洛極有風度地表露惋惜，轉而又道：「畢竟我初來乍到，假如有什麼疑問，不介意我時常請教？」

「當然，只要不妨礙訓練。」林伊蘭禮貌地回答。

秦洛目光灼灼地凝望她片刻，微微笑了。

秦洛毫無遮掩地展現追求之意，邀請數次，林伊蘭應過兩回，其餘均以事務繁忙爲由推卻了。

林伊蘭其實對秦洛並不反感，但不知爲何，卻有一種下意識的警惕。她選擇聽從直覺，保留距離，既使這一直覺似乎毫無道理。

秦洛談吐風趣、反應敏捷、頭腦清晰、行事極具個人魅力，以她近日形成的印象，未來的婚姻應該不會過於糟糕，縱然他是個花花公子，但基於對前途強烈的野心，絕不會放肆到得罪背景深厚的林家……

尖銳的警報聲突然響徹營地，林伊蘭從椅子上彈起，掐滅了手上的煙。

一級警報，有人入侵！

受侵地區是研究中心的分區之一，上頭的指令是全面搜查，擊斃所有入侵者。

研究中心格局極大，徹底探查需要一段時間。入侵者人數不多，具體來由不明，死去的守衛無一例外被一擊致命，或者割斷了喉嚨，或者刺穿了心臟，甚至有人被生生扼斷頸骨，殺人者的手法極其乾淨俐落！

密集的搜索一無所獲，誰也不清楚敵人爲何冒險潛入研究中心。林伊蘭反覆思考，隱約覺出異樣。一條直通基地軍械庫的緊急通道引起了她的懷疑，思考了一瞬，她將身分牌放到識別器上掃描，門無聲無息地滑開，她拔槍走了進去。

基於安全方面的設置，軍械庫周圍的環境是徹底封閉的，周邊與內門相距了數百公尺，這條緊急通道直通軍械庫內門，唯有少校以上級別，才有資格開啓。

沿著空無一人的通道走到盡頭，所見的情景令她心頭一沉——幾具守衛的屍體倒在醒目的禁入標誌下，銀色的大門敞開著。

只看了一眼，林伊蘭按動了牆上的警鈴。

門後又有幾具屍體，顯然內門的衛兵已盡數殉職。最裡層的門鎖被少量火藥炸落，大半照明的晶燈被震碎，僅剩的幾盞投下暗淡的光，映照著陰冷的庫房。

一層層鐵架上擺著沉重的木箱，幾個穿著軍服的入侵者在其中翻找。林伊蘭藉著木箱的遮蔽檢視人數，絕對寂靜的環境突然傳來一聲輕響，所有人的目光一瞬間聚集。

庫房門口站著渾身僵硬的安姬，她刷白著臉，望向腳下。一塊碎石意外被軍靴踩中，驚動了所有敵人，過度的驚恐令她無法思考，忘了正身處軍械庫，反射性地舉起槍。

林伊蘭大驚，扔下槍後，一把撲倒安姬。一串刺耳的槍聲炸響，子彈嵌入頂壁，碎裂的石塊紛紛落下，空氣中瀰散著嗆人的灰塵。

她拉起發抖的安姬，「走！」

脫力的安姬在強力的推搡下動了起來，卻被追上來的敵人扣住腿。林伊蘭用力一折，逼得對方放開了手。

安姬終於恢復了清醒，「長官……」

「快走！」

料想對方也不敢用槍，林伊蘭纏住敵人，鬥了起來。三兩下摺倒對手後，更多的敵人圍了上來，她迅速退後，突然聽到一聲微弱的窒咳。

安姬被一個壯碩的男人卡住脖頸，壓在牆上，雙腳懸空，臉漲成了紫色，人已近昏厥。林伊蘭立即趕過去，幾下逼得壯漢鬆開手，失去意識的安姬跌落下來，逃過了斷頸之危。

鐵塔般的壯漢力量驚人，林伊蘭一記重踢僅讓他退後半步，隨後又撲過來。礙於安姬，林伊蘭無法閃躲，變得異常被動。

似乎有人命令了一句，餘下的敵人沒有圍攻，而是拋下戰局，重拾被打斷的任務——繼續翻檢裝載武器的木箱，顯然對同伴極有信心。這給了林伊蘭一絲機會，但並不輕鬆。

壯漢力量有餘，靈巧不足，她咬牙硬受了一記，強忍劇痛，抓住空隙，一肘擊在敵人側頸。壯漢疼吼，重擊帶來了暈眩，被她抄住臂膀扭轉，眼看著就要被拗斷胳臂，忽然，一隻手箍住了她的腕，另一隻手扣住她的腰，硬生生把她拖到一米外。

突然受制，林伊蘭反應極快，立刻仰頭朝後撞去。

凶狠的一擊落了空，背後的男人竟然低笑了一聲，「很不錯，但這對我沒用！」

低沉的聲音並不陌生，林伊蘭猝然僵住，「你……」

「去扛東西，來不及了，」男人喝住衝上來的壯漢，「要他們十秒內離開！」

壯漢仇恨地瞪著林伊蘭，氣咻咻地轉身傳達命令，場中只留下僵持的兩人。

被扣的傷臂傳來劇痛，林伊蘭沉默地忍耐著。

男人似乎覺察出來，稍稍放輕了力道，突然打破寂靜，「妳抽煙？」

林伊蘭沒有回答，更沒有回頭，遠處已經傳來了雜踏的腳步聲。

「這不是個好習慣！」一聲彷彿自語的輕喃後，男人放開她，與抬著木箱的同伴會合，瞬息消失於另一條通道。

林伊蘭始終沒有抬頭，靜立片刻，她彎下腰，攬住了不省人事的安姬。

醫官處理完畢，林伊蘭披上了外衣。

走出醫務室，等在外面的安姬立即站起來，泛紅的眼睛愧疚而微懼。

「對不起，長官。」

「沒關係，是我沒注意妳跟過來。」林伊蘭並無責備之意，「傷還好嗎？」

安姬餘悸猶存地摸了摸指痕分明的脖頸，要不是救援及時，她幾乎要守衛一起橫屍當場了，「多虧長官救了我。」

秦洛迎面而來，微促的腳步在看見林伊蘭後緩下，「聽說妳受傷了！」

安姬知趣地站到遠處。

林伊蘭退了一步，避開秦洛探看她傷臂的舉動，「謝謝，沒什麼大礙。」

秦洛收回手，彷彿適才的拒絕並不存在，神色關切而微責地道：「妳不該獨自探察，雖然警報很及時，仍是太危險了！」

「下次我會謹慎。」

秦洛陪著她往寢室走去，並不介意她禮貌中的疏淡，「上頭很震怒，基地失竊，從未有過，這次丟的東西不少，將來可能會非常麻煩！」

林伊蘭默不作聲。

「妳有沒有看清入侵者的相貌？」

「太倉促，光線也很暗，我什麼也沒看清。」這個問題她已回答過數次，「他們對路徑很熟。」

「大概出了內奸！」秦洛壓低聲音，多了一份凝重，「上頭懷疑有人跟叛亂組織勾結，並且職務不低，所以對方才能洞悉基地的崗哨分佈。」

入侵者在森嚴的基地來去自如，對地形瞭若指掌，又殺掉一個少校，弄到通行證，甚至連一路的口令都準確無誤，不可能是偶然。這次事故影響極大，不知有多少人將受到嚴苛的調查。

秦洛又說了幾句，見林伊蘭始終少言，便不再多話，將她送至連隊。

林伊蘭沒有回寢室，到直屬上司辦公室門外叩了叩，聽見許可才推門而入。

一屋子嗆人的煙味，鍾斯在辦公桌後吞雲吐霧，見她到來，掐滅了煙頭，「醫官怎麼說？」

「只是一點外傷。」林伊蘭知道自己的肩臂腫得有些嚇人，幸好並未傷及骨頭。

確定下屬並無大礙，鍾斯凶惡地皺起眉，「這次妳膽大過頭，居然單獨跟蹤搜尋，軍事學院那些白癡是這麼教的？」

「軍械庫是禁地，專用通道不許士兵進入，我並未獲得許可。」林伊蘭平靜地解釋。

「安姬是怎麼跟進去的？」

林伊蘭微一遲疑，「大概是入侵者炸開門鎖的衝擊波震壞了控制晶石，門禁系統受到影響，失去穩定，未能及時關閉。是我的錯，我應該叮囑她留在原地的。」

「妳的錯確實不少，但蠢到在軍械庫開槍的人，我還是頭一次見到，她是不是完全沒長腦子？」

「安姬是一時緊張，當時的情況非常危險。」

「那小賤人緊張到差點把半個營區掀翻！那間該死的庫房裝的全是高性能的炸藥，假如她槍法再好一點，我只能把頭切下來呈給上司，為愚不可及的下屬陪葬！」鍾斯捶了一下桌面，越說越冒火，「叫她收拾東西滾蛋，軍隊不需要敗事有餘的蠢貨！」

「長官，我想這不單是她的錯。」

鍾斯不耐煩地揮手，「別再浪費口舌，沒讓她受軍法處分就不錯了。」

「該受處分的是我，她是我的下屬，這次失誤是我平時訓練疏忽造成的。」

「少說廢話！留著無能的手下只會害死自己，妳嫌命太長嗎？」

林伊蘭頓了頓，略帶懇求道：「或者再過幾個月……明年我會勸她申請退役，這樣至少最後的職役金不受影響。」

正常情況下離開軍隊的士兵，會有一筆菲薄的職役金，算作撫慰，職役金會隨役期年限而累積，但被清退或非戰所致的病傷則不在此列。儘管數目不多，但這卻是貧窮的士兵唯一的寄望。

鍾斯思考了下，氣稍稍平了一些，「好，我給妳時間，就照妳說的辦，明年別再讓我看見她，軍隊不是養老的地方。」

「謝謝長官。」林伊蘭微微鬆了口氣。

處置完安姬，鍾斯又想起另一件事，語氣變得古怪：「妳的軍銜是怎麼回事？準備一直瞞下去？也許我該叫妳長官。」

削成列兵還能保留軍銜，實在聞所未聞，難怪她有一種波瀾不驚的沉靜，氣質又異乎尋常。

林伊蘭苦笑了一下，「對不起！長官，這不是件光彩的事。」

「我手下竟然有個少校，是哪個環節出了問題？」

「出於某位將軍的命令。」她道出部分緣由。

鍾斯再度皺起眉，「將軍？哪位將軍？妳是怎麼惹怒了他？」

「抱歉，我不能說。我也不知會待多久，但在這期間都是您的下屬，請長官見諒。」

「他想讓妳做什麼？」打量著制服難掩的美麗，鍾斯心下已有了猜測。

「不是您想的那樣。」林伊蘭知道鍾斯在想什麼，卻不能說明緣由，只能勉強解釋：「他只是對我過去職務上的處理有些不滿。」

「那個混帳到底在打什麼主意？」高層竟濫用權力到這種地步，鍾斯忍不住質問：「難道在他滿意之前，妳永遠是低級士兵？」

「恐怕如此。」

「妳能成爲少校，應該也是貴族出身，不會想想別的辦法？」

林伊蘭淡笑了一下。

鍾斯又想罵粗話，吸了幾口煙，這才忍了下來，「算了，不說這個，近期妳小心戴納。」

「戴納？」林伊蘭微怔。

「那傢伙不甘心退役，本來給了職役金已算破例，他還想要補助金，幾次在軍政處吵鬧，對妳受的處分極其不滿，弄不好會生事！」鍾斯厭惡地輕嗤，「據說他還碰巧撞上了基地的入侵者，躲在桌子底下，撿回了一條命，真可惜！那些傢伙沒發現那個雜碎。」

林伊蘭略一蹙眉，隨即行禮，「我會留意，謝謝長官提醒。」

06

溫暖

一場暴風雨般的洩密調查，波及了軍中的每一個人。林伊蘭曾與入侵者交手，所受的詢問尤爲細密，甚至停職了一段時日。

她第一個示警，卻被列爲重點懷疑目標，這連鍾斯也始料未及。鍾斯幾度抗辯申訴無效，唯有依令而行，背後卻把某個不知名的可恥敗類將軍罵了無數遍。

林伊蘭似乎並不意外，也無激憤，她對懷疑和連番質詢耐心地應答，始終平靜如一。

當日指揮搜查的將領決策失誤，被林伊蘭自作主張的搜尋掃了顏面，一直耿耿於懷，更將會議時遭上將譏斥的羞惱遷怒於她，蓄意加重了訊問。

頻密的調查帶起了捕風捉影的猜測，她的少校軍銜成了最受關注的話題，甚至推斷出她受人壓制而不滿，故意將情報洩露給入侵者，以失竊事件作爲立功之機。不負責任的流言傳遍了軍營，在漫天的非議中，基地最高層卻與風暴中心人物同樣保持沉默，讓眞相愈加撲朔迷離。

審查接近尾聲，休瓦也進入了冬季，隨著時間流逝，溫度越來越低，室外的地面結起了冰霜，哨兵披上厚重的大衣，層層雪花覆蓋了肩章。

「長官，這是我的申請。」

近日脾氣越加暴燥的鍾斯接過去，一眼看完，「妳要休假？」

「是。」似乎沒感覺到鍾斯惡劣的語氣，林伊蘭沉靜地說明，「近期的調查已全部結束，命令沒下來之前，我想休息一段時間。」

鍾斯盯住報告，沒有說話。

「請長官放心，我只回家待幾天，假如到規定的時間還未返回，願受軍法處置。憲政司存有我的家族檔案，無須擔心我會潛逃。」

鍾斯深吸一口氣，極想怒罵害他焦頭爛額的下屬。

「妳既然有貴族背景，為什麼不走走門路，買通某個議員，打個請調報告，離開這鬼地方？再這樣任他們折騰，很可能給妳扣個通敵的帽子，送上軍事法庭！」

「我唯一能打的報告是休假申請。」靜默片刻，林伊蘭微微一笑，「希望能獲得您的批准。」

鍾斯被這個冥頑不靈的下屬氣得七竅生煙，掏出筆刷刷簽字，力道之大，甚至劃破了紙張，「滾吧！不回來自然有人打斷妳的腿！」

鉛灰色的天空烏雲密佈，隨時可能落下雪花，龐大的基地如一隻蹲踞在休瓦城郊的巨獸，在冬日的酷寒下森然沉寂。

冬天的風極冷，秦洛豎起衣領，在基地外等待。

不久，一個纖細的身影從通道內走出。剪裁極佳的大衣勾勒出柔美的身形，短髮上斜扣著一頂軟帽，更突出了清麗的臉龐。她拎著提箱，沒有理會周圍的目光及竊竊私語，步履輕快有力。這使秦洛想起，在家世與美貌之外，她還是一名訓練有素的軍官，身上有多年軍事化生活造就的特質。

榛綠色的眼睛忽然掃過，稍稍一怔，她停駐了腳步。

「第一次看伊蘭換下軍裝，很漂亮！」秦洛由衷地稱讚。

「謝謝。」林伊蘭依舊是禮貌性的微笑，「秦上校有事？」

「我送妳。」

「沒有必要，我只是回去休假數日。」

「我正好輪休，請允許我陪妳走一程。」

秦洛不接受拒絕，伸手接過提箱。林伊蘭見無法推託，只能放任他並肩而行。

秦洛起了話頭：「最近事情比較紛雜，會不會造成困擾？」

「還好。」她淡淡一笑。

「假如有什麼地方我能幫忙，伊蘭盡管開口。」

「多謝上校的好意。」

「暫時回帝都休息也好，休瓦太冷，聽說已經凍傷了十幾名新兵。」秦洛打趣，抱怨著休瓦可怕的酷寒，「這該死的地方簡直是個冰窖，眞擔心春天來臨前，我是否還能保持完好。」

「上校無須擔心，就算天氣再糟，眾人對閣下的熱情也足以抵抗嚴寒。」林伊蘭莞爾一笑。

她早聽說秦洛手腕靈活，金錢方面又相當大方，短時間即贏得了良好的口碑，建立起一張關係網。

「我喜歡在陌生的環境多交朋友。」秦洛巧妙地把話題繞到另一面，「但無論再多朋友，也抵不過伊蘭的微笑。」

「目前我身陷是非，大概要讓上校失望了！」

「有沒有考慮跟將軍談談？」秦洛觀察著她的神色，「流言是件非常麻煩的事，放任下去，或許會造成傷害！」

「家父政務繁忙，無暇爲瑣事分心，我想不用了。」林伊蘭望著路邊的樅樹，不經心地回答。

「或者公開家族身分……」

綠色的眸子掠了他一眼，又轉了開去，「謝謝，沒有這個必要。」

結束一個流言，又開始另一個流言，兩者並無差別。相較於通敵的懷疑，公爵小姐成爲低級士兵恐怕會更轟動。

不過林伊蘭明白秦洛為何出此建議，想了一想，她停下腳步，「秦上校。」

「請伊蘭叫我秦洛。」

「我對上校的青睞心存感激，但經過這一段時日，您應該清楚，由於我個人能力的缺乏，並不受家父重視，更不是林家未來的繼承人，恐怕會辜負上校的好意。」林伊蘭神色平常，既無羞意，也無慚愧，「我在軍中多年毫無建樹，前途渺茫，晉升無望，又不諳家政，難以勝任妻子的角色，不配秦上校如此垂顧，帝都有其他名門淑媛更值得您傾心，請不必再浪費時間。」

沒想到林伊蘭把話說得如此通透，秦洛愣了一瞬，隨即鎮定下來，侃侃而言：「抱歉，或許有什麼地方令伊蘭誤解了，其實我一直在尋找令我心動的女性，在帝都多年，我見過不少貴族小姐，她們只談珠寶香水華服，只愛跳舞打獵八卦，沒有一個是我所希望的妻子。原本我已經絕望，直至在休瓦遇見了驚喜。」

執起她的手背，優雅一吻，秦洛的眼神專注誠懇，「或許過於欣喜反而表現不當，令伊蘭誤會我別有所圖，請務必給我修正的機會。」

話語十分動人，林伊蘭卻沒有絲毫回應。

秦洛目光微閃，繼又笑道：「儘管我無法繼承爵位，但於仕途盡心而為，絕不會讓未來的妻子受委屈，我有自信比其他追求者更值得信賴，請伊蘭相信令尊的眼光。」

林伊蘭極淡地一笑，沉默地垂下睫，落在被他握住的手上。

「小伊蘭累了？」瑪亞嬤嬤輕摩她柔軟的髮，眼神慈愛而憐惜。這孩子一直把心事藏得很深，從不訴說，更讓人心疼，「嬤嬤老了，總有一天沒辦法這樣抱妳，伊蘭該找個好丈夫，過上幸福平和的日子，軍隊的生活一點也不適合妳！」

「瑪亞嬤嬤，我只要妳在身邊就好了。」伏在瑪亞嬤嬤溫暖的懷中，林伊蘭不想抬頭。

「看妳這樣，天國的夫人會傷心的！」想起過世的女主人，瑪亞嬤嬤傷感地嘆息，「前幾天我夢見我的小伊蘭去參加舞會，長長的秀髮上戴著夫人的珠冠，禮服上別著綠寶石胸針，優雅的儀態吸引了所有目光……伊蘭，妳該多笑笑，像小時候那樣，妳笑的時候比春天盛放的鮮花更美，能讓人忘了一切煩惱……」

回憶起往事，瑪亞嬤嬤絮絮叨叨地傷懷：「妳父親做錯了很多事，他不該那樣對妳，更不該讓妳進入軍隊。妳像夫人一樣善良、敏感又纖細，卻要和那些粗漢混在一起，甚至還可能碰上殺人的場面，天哪！我眞沒法想像我的小伊蘭……」

林伊蘭合上眼，靜靜地聽，唇角掛著微笑。

她已經殺過人，但她永遠不會告訴親愛的瑪亞嬤嬤。假如知道眞相，瑪亞嬤嬤大概會痛哭著向神靈禱告，再捐出所有私蓄，以求神赦免她親愛的孩子足以下地獄的罪過。

溫暖的、嘮叨的、把她當孩子一樣看待的瑪亞嬤嬤……

林伊蘭最愛在沙發上側躺，把頭枕在瑪亞嬤嬤膝上，聽著她溢滿疼愛的叮嚀，在傳說故事和碎念中，打發甜點烘好前的時光。

絮叨的語聲突然停了，林伊蘭微訝地仰起頭。瑪亞嬤嬤瞪著門的方向，緊繃的面頰極其不悅。她隨之望去，看見一個穿騎馬裝的少年立在門邊，手上執著馬鞭，俊秀的臉龐沒有表情，半晌才點點頭。

「伊蘭表姊。」少年話音清亮，語氣略爲生疏。

「林晰？」林伊蘭恍然想起，坐起來，撫了下短髮。

她對這個遠親並不熟悉，但到底是客人，只能沒話找話地寒暄：「聽說你在帝都受訓，過得還習慣嗎？」

「一切都好。」

「何時進了學院？」

「一年半前，受訓有三年了。」

看來她申請轉成文職時，父親已有安排。

「學院是個好地方，會交上志趣相投的朋友，不過高年級生的惡作劇也不少，希望你能適應。」

「謝謝表姊的忠告。」

「這算什麼忠告？」林伊蘭失笑，沒再看向一板一眼的少年，打開烤箱，替瑪亞嬤嬤端出烤盤，空氣中頓時瀰散著誘人的甜香，「要不要嘗嘗蘋果派？瑪亞嬤嬤手藝很棒！」

「我不餓。」林晰生硬地拒絕。

「甜點而已。」林伊蘭隨手切了一塊，又倒了一杯紅茶，盛在盤中推過去，「離晚餐還有一段時間，不如先喝點茶。」

林晰嫌惡地瞥了一眼，「我對這沒興趣，難道伊蘭表姊自皇家軍事學院畢業，就是為了這樣生活？」

林伊蘭微微一僵。

不待回答，林晰已自行走開。

瑪亞嬤嬤氣炸了肺，寬大的胸口一起一伏，「那個該死的小子，竟然這樣無禮！眞該將他轟出去，林家還沒輪到他來放肆！不知好歹的東西，不知將軍看中他哪一點……」

林伊蘭沒出聲，良久，拈起盤中的蘋果派，咬了一口。

西爾國皇家軍事學院，呈現在眼前的環境，卻不帶半點軍隊氣息。

學院的年代十分久遠，青青草坪上坐落著紅色沙岩砌成的巨型建築，古雅莊嚴、巍峨挺拔，哥德式的塔樓懸著巨鐘，精緻的玫瑰窗映著陽光，潛藏著時光沉澱的歷史。

唯有風中傳來的呼喝隱隱揭出眞實——這座優美的封閉式學院，其實是帝國軍政人才的搖籃，從這裡出去，才有機會躋身軍隊上層，畢業測評將直接影響到職業生涯的起點。

「是不是挺懷念的？」紅髮女郎端著骨瓷杯，輕輕吹涼，垂落的幾絲捲髮點綴著豔麗的臉龐，顧盼間風情萬種。

林伊蘭莞爾，「留校折騰這些小傢伙確實挺有趣的，我真羨慕妳！」

說話間，一列學生跑過，發現女教官身邊又多了個美人，不約而同地放慢腳步，此起彼伏地吹起了口哨，議論笑鬧兼而有之，肆無忌憚地飛揚青春。

紅髮女郎倒沒喝斥，伸出五根指頭晃了晃，哄鬧的學生立即垮下臉，哀叫聲不絕於耳：「天！又加五圈？娜塔莉教官一定是……」

雜亂的揣測繁多，隱約能聽出昨夜的某種需求不滿、女人的特殊時段，甚至包括更年期一類，娜塔莉聽而不聞，林伊蘭則禁不住失笑。

學院收的淨是貴族子弟，大多各有背景，加上年少跳脫，無不個性十足，除開課業操練，教官通常不怎麼管束，無形中形成了散漫自由的風格。

佇列跑開，遠處，一群課間休憩的少年嬉鬧著，將一個學生高高舉起，拋進了訓練用的泥潭，掀起了一陣大笑。

「那是新生？這麼多年還是這些把戲。」

娜塔莉瞥了一眼，「記得當年也有人這樣對我。」

林伊蘭好笑地揭底：「那時可是妳們想把我丟進去，我迫不得已才還手的！」

「妳看起來一副孤僻的樣子，」娜塔莉毫無懺悔之色地撇了撇嘴，「我還當是隻好欺負的小白兔。」

「我以為軍事學院是很可怕的地方，況且，妳們確實不懷好意！」進入學院之前，她不曾與同齡人相處，娜塔莉帶領的幾個貴族女孩看起來敵意頗深，她更是戒慎提防，被捉弄過幾次後終於爆發，卻意外地撞出了友誼。

「我不過是從眾，誰叫妳姓林。再說，之前他們那樣欺負，妳也不哭不鬧。」

「想起來眞是惡夢！」林伊蘭微笑。

「林晰是妳表弟？他剛入學時，跟妳以前一樣慘。」娜塔莉帶著幾分幸災樂禍，「我差點看不下去，沒想到他還是撐過來了。」

「那孩子表現得怎麼樣？」

「很優秀，教官讚不絕口，不愧是林家的人。」娜塔莉點起了一根煙，鮮紅的指甲襯著細白的煙，媚惑而誘人，「說起來……妳是怎麼回事？混這麼多年只是少校？我簡直不敢相信，連夏奈那個傻瓜都是少校了。」

「我比較喜歡文職。」

「文職？」娜塔莉詰笑出來，「妳父親會瘋掉！」

「妳忘了還有林晰？」林伊蘭也笑了。

「他來繼承？那妳呢？」娜塔莉不可思議地彈了彈煙灰。

林伊蘭取了一根煙，沒有抽，放在指尖把玩，「大概會結婚。」

「和誰？」

「秦家的人，秦洛。」

「那個花花公子？他可是風月場中的名人！」娜塔莉搜尋著聽聞的印象。

「我也只剩這麼點用處了。」謝絕了對方遞過的火柴，林伊蘭淡道，「無法做一個合適的繼承人，自然只有聯姻一條路。」

「傻到丟掉繼承爵位的資格，我得說，妳實在不怎麼聰明！」

「繼承了又如何？只會束縛更多。」

娜塔莉一愣，隨即陷入了沉默。上流世家自有約定俗成的規則，婚姻是其中之一，沒有人能對抗家族的決定。

狠狠吸了口煙，娜塔莉恢復了輕謔的語調：「我要結婚了，不用來參加婚禮，我不覺得是件值得祝賀的事。」

林伊蘭有不好的預感，「對方是誰？」

「漢諾勳爵，他第三任妻子剛剛病死。」娜塔莉美麗的臉龐漾起諷笑，「奇怪的是，他居然那麼老還沒死！如果他能有半個小時停止咳痰，我就該感激得去向神靈禱告。」

「我以為……」林伊蘭停了片刻，聲音極輕地道：「我在休瓦遇見了凱希。」

娜塔莉睫毛顫了一下，將吸了一半的煙掐滅，「我知道他在那裡，那個呆子只懂得做研究。」

「我猜他選休瓦研究中心是因爲那裡受帝國重視，升遷的可能較大。」

動人的明眸失去了神彩，娜塔莉陰鬱地低語：「那又怎樣？等到他熬出頭，我早就是個老太婆了，有什麼用？我父親只愛漢諾，愛他在議會的席位，愛他足以淹沒靈魂的金幣。看，妳運氣比我好，至少秦洛懂得調情。」

林伊蘭望著遠方尖尖的塔頂，沉寂了好一會兒，「假如我不姓林，秦洛絕不會多看我一眼。」

「就算不姓林，妳也有美貌和才能，學院裡迷戀妳的男生有多少，別說妳不知道。」輕哼一聲，娜塔莉又恢復了豁達，彷彿剛才的消沉僅是錯覺。

「他只在談論事業前途時才會專注，女人對他而言，無足輕重。」秦洛或許言辭動人，卻毫無眞意。

「難道妳還對婚姻抱著不切實際的幻想？別作夢了！」

「我只希望對方能稍有誠意。」林伊蘭輕嘆了一聲，「求婚的男人圖謀妳的身體或家世，哪一個較好？」

「那可眞是一樣糟！」娜塔莉喃喃道，又點了一根煙，「我寧可是肉體上的吸引力，至少還能有點樂子，這方面漢諾完全不行，幸好，我找到了別的辦法。」

「妳是指情人？」

「沒錯，對著一個皮鬆肉垮的老頭，怎麼可能提得起興趣？反正大家都這麼做，只要保證孩子血統純正就夠了。」娜塔莉懶洋洋地吐了個煙圈，「漢諾活不了幾年，等我成爲遺孀就自由了，到時盡可在一幫年輕的追求者中，挑個討人喜歡的丈夫。妳瞧，我也沒什麼損失。」

「妳眞這麼想？」

「爲什麼不呢？放縱點會更快樂，上天也沒給我選擇的餘地。」輕漫的語調彷彿在說服自己，娜塔莉顯得很無謂。

林伊蘭仍記得過去的她，在青春的記憶中，清晰如昨。

少女時期的娜塔莉驕傲美豔，率直任性，看上單純內向的凱希便主動大膽追求，完全不顧旁人的眼光，造就了無數話題。

然而，轟轟烈烈的愛戀卻抵不過家族的壓力，畢業時，他們灑淚分手。凱希進入了囚籠般的研究中心，娜塔莉換過一個又一個情人，豔名與情史傳遍了社交圈，曾經肆意開放的火玫瑰，終於在時光中磨去了堅持。

「說來我一直覺得奇怪……」娜塔莉不願再談自己，換了個話題，「伊蘭妳似乎從未有過這方面的傳聞，那麼多追求者，妳一個也不動心？就算沒有秦洛，妳就沒其他中意的男人？」

「父親不會允許任何計畫外的事。」

「這麼聽話！」娜塔莉難以理解地薄嘲，「他能把妳怎麼樣？妳畢竟是他唯一的女兒。」

「誰知道……」林伊蘭淡淡地笑，「我是個膽小鬼！」

窗外有點吵嚷，林伊蘭沒留意，將錢袋推至管家面前。幸虧在軍中挑戰戴納的時候贏了一大筆，不然還眞難抹平赤龍牙的帳目。

突地，轟然一聲撞響傳入耳際。聽出方向，林伊蘭心一沉，隨著動靜衝進了三樓盡頭的房間。

這是整個公爵府陽光最好的房間，十多年不曾使用，依然保持著原狀，鎖著她七歲以前最美好的回憶。綠色的帷幔掩住落地長窗，四壁嵌著精緻的名畫，明亮的空間中擺放著各式各樣的石膏像，壁邊整齊堆疊著成摞的油畫，畫架上還有半幅尚未完成的風景，是已逝的公爵夫人最後的作品。

「怎麼回事!?」美麗的綠眼睛燃著怒火，林伊蘭掃過倒在地上的天使像，又環視整個房間。

一切已經面目全非，純白的雕塑被粗暴地推倒，摔成了無數碎片，忙碌的僕人捲起畫布，拆卸畫架，似乎要拆掉整個房間。

她凌厲的氣勢令管事忍不住後退，彎腰回稟：「對不起！伊蘭小姐，林晰少爺需要一個房間練習擊劍，爵爺許可了。」

林伊蘭的心突然壓上了一塊巨石，冰冷而沉重，「父親親口答應？」

「是。」第一次看見溫和的小姐發火，管事不安地搓手，「爵爺說林晰少爺的要求應當盡量滿足，同意了改建。」

拾起一枚掉落的畫筆，殘存的顏料凝固在筆尖，十幾年過去，仍保存著母親鍾愛的鮮綠。剝掉壁紙後的牆壁斑駁難看，揭起地毯的塵土嗆人窒息，雅致的房間，轉眼變得冰冷醜陋。

母親留下的最後一點痕跡消失了，父親的懲罰永遠直接而有效，輕易地將她所愛、所在意的一一剔去。這個家早已成爲冰冷的囚牢，她竟然還幻想著能在疲倦時暫憩。

「伊蘭……」瑪亞嬷嬷緊緊摟住她，含淚的眼眸理解而心疼。

過了很久，林伊蘭終於能開口：「對不起，瑪亞嬷嬷，我想起軍隊裡還有些事要處理，必須馬上回去。」輕輕拉開老人的手，她笑了一下，「我去收拾東西了。」

瑪亞嬷嬷擔憂地望著她。

「我沒事。」林伊蘭吻了吻瑪亞嬷嬷的頰，卻再覺不出溫度，「眞的，過幾天就好了。」

一隻野鴨在湖面上不停地游著。

不知什麼緣故，牠不曾飛往南方，停在休瓦過冬，非常疲憊卻不停地划水。白色的冰層越來越厚，不斷在湖面擴展，最終將耗盡體力的野鴨凍在湖邊。

林伊蘭一直靜靜地看著，不知看了多久，最終踩近湖岸，敲破冰面，將昏迷的野鴨抱出來。毛茸茸的小腦袋耷在懷裡，羽毛潮濕而冰冷。她有點茫然，不知該怎樣處置牠。

「妳在做什麼？」

低沉的聲音有點熟悉，她望著不知何時出現在身畔的男人，沒有回答。對方探了一下她的手，立刻皺起了眉。

陰暗凌亂的街巷、隨處可見的棄物、熟悉的矮屋……菲戈放下林伊蘭的提箱，從屋外的柴堆拎進幾塊粗壯的木頭。很快的，壁爐裡有了火，熊熊的火苗驅走了一室寒氣，他又在火上煮了些東西，室內多了一股甜香。

「脫掉外衣。」

凍僵的手指不太聽話，摸索了半天都無法解開，他替她脫下被雪水浸濕的大衣，才發現她不知在雪中待了多久，連裡衣都浸透了，索性一併脫下，只餘貼身的襯衣，再用厚毯將她整個人包起來。

林伊蘭這時才覺出冷，無法抑制地發抖著，牙齒咯咯直響。

一杯熱氣騰騰的飲料遞到面前，「熱可可兌酒，喝了它，妳會好過一點。」

脫掉濕透的靴子，他試探地觸碰她纖細的腳，「有感覺嗎？」

林伊蘭搖了搖頭。

「妳在室外待太久了，休瓦的嚴寒可不是小事！」

熱可可十分香甜，她一點一點嚥下去，身體從裡到外暖起來，終於止住顫抖，能開口說話了：「謝謝。」

他倚著壁爐望著她，淡淡的話語帶著微責：「怎麼總讓自己這麼狼狽？」

這樣關切的話竟然是由敵人說出，滑稽而錯亂的現實，讓林伊蘭忍不住笑了起來。菲戈沒有在意，俯身加了一塊木柴，又替她把厚毯拉緊了一點。

昏黃的爐火映著他的臉，深邃的眸子莫名的溫柔。褪去了危險的氣息，這一刻，他只是個令人心動的男人。

林伊蘭覺得自己一定是被寒冷凍壞了腦子，竟然忘記警惕，主動吻上了他的唇。

菲戈定了一瞬，探臂扣住了她。

越來越激烈的吻讓她透不過氣，或許是酒的作用，身體漸漸發熱，她聽見了紊亂的呼吸，火熱的手隔著襯衣摩挲身體，陌生的渴望炙得心頭發顫。

乾燥的木頭在火焰噬烤下啪響，打破了迷亂的氣息。停在腰際的手握得肌膚生疼，他稍稍退開，低頭凝視著她，垂落的劉海搭在眉際，幽暗的眼中燃燒著赤裸的慾望，「妳……」

她盯著對方的眼，辨不清自己究竟想要什麼，不受控制的指尖撫上了他的唇，彷彿眷戀它所帶來的熱度。下一刻，她被放在床上，強勢而炙熱的吻在唇上廝磨良久，漸漸下移。

剝開襯衣，露出雪白細膩的肌膚，他的眸色更深了，「有過經驗嗎？」

低啞的聲音震得耳根發癢，她的心跳得很快，不自覺地臉紅了。

沒有得到回答，他笑了一聲，指尖撫弄著秀髮，「我會盡量……溫柔些……」

彷彿一個神祕的遊戲，他的手引著她觸撫修長有力的身體，赤裸光滑的胸膛、形狀分明的腹肌，帶領她探索屬於男性的、完全陌生的一切。

隨著指尖滑過，他的呼吸粗重起來，突然低下頭，用牙齒和舌尖刺激她最敏感的肌膚，捕捉她每一次輕顫，迫使她細碎地呻吟。

在她最無措的一刻，他開始進攻。可怕的壓力分開她的身體，緩慢地深入撞擊。疼痛令她覺得冷，吻和撫摸又讓她發熱，奇異得難以言喻，她分不清自己想抗拒還是迎合。

激竄的慾望在糾纏中失控，世界化為一片昏亂……

醒來時，窗外一片漆黑，壁爐的火苗仍在躍動，映得屋子很暖。

她伏在男人懷裡，強健的手臂勾在他的腰上，毫無距離地緊貼。厚重的被子蓋著兩人，靜謐的室內，只有木柴燃燒的劈啪響。

林伊蘭抬起頭，菲戈靜靜地看著她，幽暗的眸子映著火光，不知在想什麼。被那樣的目光望了半天，想起之前的情景，她的臉又紅了。他溫熱的手撥弄著她的短髮，在額上落下一吻。

沒有語言，似乎也不需要語言，過了一陣，她又睡著了。

再度醒來，天已經很亮，壁爐裡又添了新柴，烘乾的衣服擺在枕畔，火上煮的馬鈴薯湯散出濃香，凍僵的野鴨恢復了活力，在桌邊來回踱步。

門一晃，菲戈走了進來，隨手將一袋麵包放在桌上，脫下了沾雪的外套。見她醒來，他拿起碗盛湯。

「妳一定餓了，起來吃點東西。」

半晌毫無動靜，他投去不解的目光。

林伊蘭尷尬道：「請暫時把頭轉過去。」

菲戈一怔，依言背轉，彷彿有絲笑意。

喝下第一口湯，她有些意外的驚訝，「味道很好！」

「妳提供的配方不錯。」

她低下頭喝湯，心底想笑。或許該早些道明，也不致養傷期間日日難以下嚥。

「妳在休假？」他也給自己盛了一碗，在她對面坐下。

「嗯。」她輕輕應了一聲，用勺子攪了攪湯，突然間胃口全無。

「如果沒有別的地方可去，妳可以住這。」他沒有看她，扯了點麵包餵挨近的野鴨。

林伊蘭怔了一下，「會不會讓你很麻煩？」

「不會。」

「那我……」

「不用提錢的事，」他打斷她的話，「願意就住下來，時間隨妳。」

她很清楚，他們的身分對彼此而言都是極大的隱患，根本不該有所交集。可軟弱的靈魂卻貪戀著一點溫暖，沉淪著不肯清醒。

從窗口望出去，銀白色的世界是那樣冰冷，鋪天蓋地的酷寒，消彌了所有意志。

「謝謝你，菲戈。我叫伊蘭。」

07 綠晶石

似乎又回到了休養的那一段日子，他們各自看書，偶爾交談。

壁爐裡的火一直沒有熄滅，飄飄揚揚的大雪籠罩了一切，整座城市都在冬眠。

除了燉湯和切麵包，菲戈不讓她做任何事，更不讓她碰冷水。他不知從哪找來了某種植物的乾葉，替她塗抹生滿凍瘡的手指，很快便恢復如初。

偶爾門外輕響，他會離開一陣，沒過多久又帶著雪花回來，放下幾根肉腸或一片羊排。

菲戈話不多，很少笑，但待她很溫柔。漸漸地，他們之間的對話多了一些。

菲戈詳細地說明避免凍傷，如何在惡劣天氣保持體溫，告訴她各種在溫暖的帝都不需要瞭解的常識。林伊蘭知道自己很幸運，假如沒有遇見他，她可能會嚴重凍傷，甚至失去腳趾。慶幸之餘，她又忍不住暗嘲：秦夫人只需姓林，未必需要腳趾！

或許是看出她在走神，菲戈忽然吻過來，許久才放開。

「妳的身體很美。」他微沉的聲音低而動聽。

「嗯？」她猶在昏沉，不太明白他在說什麼。

「不該有任何損傷。」

半晌才反應過來，林伊蘭扯出笑容，「謝謝你的讚美。」

菲戈抿起了唇，看起來並不滿意她的回答。

冬日的夜晚蜷在床上看書是一種享受，翻了半天書，林伊蘭打破了沉寂。

「菲戈。」

他停下閱讀，向她望去。

「你殺過人？」

「嗯。」

「爲什麼？」

「生存。」他的回答很簡潔。

「爲什麼在軍械庫前沒殺我？」

菲戈沉默了一會兒，「妳不會說出去。」

猜得很對，就算說出事實，誰會相信？林伊蘭又笑了。

一隻溫熱的手蓋上她的眼睫，「別這樣笑。」

手很暖，覆在眼上，遮沒了光線，她突然覺得格外疲倦。

「菲戈，你會不會爲了利益而殺人？」

「得看怎樣的利益，殺的人又是誰。」冷靜清晰的語調，始終如一。

「如果對方是女人？」

他沒有回答。

「或是孩子？剛滿月的嬰兒？」

「不會。」

「不用你親自動手，」榛綠色的眸子凝望著他，手按在他的心口，彷彿在詢問靈魂深處，「只須默許，你的手甚至不必沾上血。」

「不會。」

「即使代價是受人鄙視？」

「誰會鄙視？」

林伊蘭支著頭待了一會兒。

「數年前，帝國有幾個村落發生了叛亂，屬地的貴族受到衝擊，甚至連城堡都被燒了。事態非常嚴重，我所在的分部接到命令去平息。」

菲戈一言不發地靜聽。

「到了那裡，才發現事情沒那麼糟，失火的僅是馬廄和儲物倉，所謂的攻擊只是幾天的圍困，起因是貴族收回原本租賃給農民的土地，改爲養羊，世代耕種的貧民失去了唯一的生計，不願遷走的人，房屋甚至被縱火焚燒，有些人就這樣被燒死了，可總督一個字也沒提。」

林伊蘭艱澀的語氣隱著傷感，「軍部的命令是根除所有叛亂者，連同家人一併處以重罪。士兵們都很興奮，因為這意味著可以放任搶掠，而且風險不高，很容易獲得褒獎。結果可想而知，很多無辜的人被殺了，其中包括女人和孩子。我不希望屬下肆意搶奪殺人，但節制的指令讓他們心生怨恨，部隊長期欠餉，這是底層士兵發財的唯一機會。同時，我也讓上級十分不悅，因為毫無戰果可供呈報……」

林伊蘭嘆了一口氣，彷彿自言自語：「我不知道怎樣才算正確，也不明白現實為何如此扭曲，也許錯的人是我，但屠殺手無寸鐵的平民……菲戈，換成你會怎麼做？」

菲戈沉默了很久，忽然一笑，笑容鋒利而無情，「如果是我，我會告訴士兵，眞正的財富並不在貧窮的農民身上，城堡裡有更好的目標。」

林伊蘭怔怔地望了他一會兒，漸漸生出了笑，神色複雜，「你果然是個危險的傢伙，非常！」沒說下去，她話語一轉：「不過也許你是對的，這個世界更適合你這樣的人生存，我只是失敗者。」

「妳不是。」

「不管從哪種角度而言，我都是徹頭徹尾的失敗。」她合上書，不再繼續，放平枕頭，蜷進了被褥。

菲戈並不打算結束，「妳知道怎樣才能成功，為什麼不按最有利的方法去做？」

隔了許久，她才回答：「我不想變成我厭憎的那種人，比做一個失敗者更糟！」

「那麼妳最好試著離開，對妳而言，軍隊是最糟糕的地方。」

她輕笑了一聲，「上天很少會仁慈地給予選擇的自由。」

「換成某個人，他大概會說……」菲戈彷彿想起了什麼，神色微柔，「既然現實已經無可迴避，不如盡力掌控權力，而後修改規則。」

林伊蘭靜默了一瞬，「很棒，可我做不到，在那一天來臨之前，我已不再是我。」

「妳的決定是堅守內心，但處於這個位置上並不是件好事。」菲戈凝視著她的側臉，挑明了警告，「伊蘭，這個帝國爛透了，軍隊也是，假如妳拒絕規則又無法抽身，最終可能反而被它所毀滅！」

林伊蘭合上了雙眼，「我知道，但如果這是我的命運，我會接受。」

靜謐半晌，菲戈沒有再說，抬手擰熄了油燈。

返回駐地的前一天，菲戈帶她離開舊屋，走了一段長路。

漸漸遠離城市，接近森林裡的礦區，小徑崎嶇而狹窄，被雪掩得難以行走，腳下時常打滑，他不時回頭提醒。

路越來越偏，幾乎已無人跡，唯有松鼠從雪上跳過的爪印。冬日的森林荒涼而冷寂，耳畔只有腳步踩過雪地的沙響，走到背心汗濕，終於看見一座被積雪半掩的棄礦，菲戈領著她走了進去。

深深的礦洞一片漆黑，菲戈摸出一枚照亮的晶石，微弱的冷光映出幽暗漫長的礦道，延伸至莫測的遠方，對黑暗和無知事物的恐懼，令林伊蘭心底發慌。

「這是什麼地方？」被驚動的老鼠從身邊竄過，她強忍住不適。

「很久以前廢棄的礦坑。」菲戈的聲音似乎在笑，「別怕，這裡沒有鬼。」

舊礦鬧鬼是兒童故事中常有的情景，每個人在童年都聽過類似的傳說。她聽出取笑，沒有再問，跟著他走過一條又一條岔道，黑暗和迷宮般複雜的路徑，讓她完全迷失了方向，或許是深入地下，空氣不復冰冷，漸漸有了熱意。

菲戈突然收起了照明晶石，視野一瞬間陷入純黑。她險些脫口，卻發現腳下的路平滑起來，被他牽著走了幾步，眼前似乎生出微亮，幽幽綠光，猶如愈來愈亮的晨星。她的好奇心漸趨強烈，轉過最後一個彎道，剎那屏住了呼吸。

無以名狀的瑰麗充盈著視野，各種各樣的光閃現，宛如幻想中的夢境，漆黑中突然閃現的美景，讓人目瞪口呆。

礦道的盡頭是個寬大的洞穴，洞中有無數天然的綠晶石，中間低窪，形成了一個清澈的湖泊，洞穴的頂部有一道狹長的裂口，垂落的天光投在湖上，隨水蕩漾，又被湖底的晶石反射，整個洞穴幽亮明麗，迷離璀燦，神祕而奇特。

天頂的裂縫處不斷有水滴落，泛起層層漣漪，湖水猶如整塊流動的碧晶，光影明滅變幻，懾人心神。大塊晶石構成了高低不平的地面，菲戈引著她走近湖邊，掬起了一捧水，奇異的溫熱使人難以置信。

「地下湧出的熱泉，湖水長年如此。」菲戈解釋，打量著四周，「我是從裂口透出的霧氣發現了這個地方，大概是古代的廢墟。這種綠晶石用處不大，可能開採後發現毫無價值，便廢棄了。」

如此驚心動魄的美，卻被視爲一無可取，林伊蘭望著掌中的水跡發呆。忽然一聲嘩響，清亮的湖水飛濺，身邊已空無一人，只餘衣物棄在岸邊。

湖水靜靜搖曳，無聲無息地吞沒了矯健的身影，過了片刻，她開始心慌。

「菲戈！」

回答她的是一片寂靜，破碎的晶石在湖邊淺灘閃爍，湖底卻是沉沉的深碧。林伊蘭脫下大衣才想起自己不會游泳，愈加慌亂而不知所措，「菲戈，回答我！」嗓子因緊張而發乾，在她幾乎想跳下去尋找時，湖中心泛起一抹黑影，游得很快，嘩的一聲破出水面。

「菲戈！」林伊蘭立時鬆了口氣，俯下身，半跪在湖邊呼喚。

甩了下髮上的水，菲戈朝她游近，在她的手心放了件東西。

那是一枚冰稜狀的晶石，鋒利的邊緣已被湖水打磨平滑，毫無瑕疵的碧色猶如一滴美麗的淚。

在她打量的時候，他自衣物中翻出短刀，從大衣內裡割下一點牛皮，又接過晶石，擺弄了一會兒，最後繞過她的頸項，打了個結，黑色的牛皮細繩纏繞著綠瑩瑩的晶石，垂落在柔軟的胸間。

菲戈撥開她的衣服，吻了一下，「很美，和妳的眼睛一樣。」

林伊蘭低頭輕撫項鏈，情不自禁地微笑，「謝謝。」

湖中明滅的光芒映著他結實挺拔的身體，勻稱的線條充滿了力量感，清澈的湖水毫無遮擋，她這才發現他全身赤裸，不由自主地別開了頭。

「妳也下來試試，」菲戈扭過她的下頷，「水溫很好，一點也不冷。」

「我……」林伊蘭微微紅了臉，「我不會游泳。」

「我教妳，這裡不會有人來。」

他勸了兩句，見她實在羞澀，也就放棄，自顧自地游開，享受著溫熱的湖水，不時栽進水底深潛。

林伊蘭在岸上看了半晌，又望了下四周，一咬牙解開衣釦，像他一樣脫去衣物，試探著走進了湖中。

溫暖的湖水浸沒了身體，腳趾踩到湖中細小的晶石，癢癢的，異常舒服，林伊蘭仰望著洞頂的一線天光，恍惚間，彷彿置身於另一個世界。

一疏神，踩了個空，她直直地沉了下去，水漫過雙眼，湖水浮起的短髮飄過眼際，又幻成一片朦朧的綠光。恐慌中，一雙手攬上來，將她帶出水面，游向淺灘。

空蕩的洞穴只有猛烈的嗆咳聲，她的鼻腔一片酸澀，半晌才稍稍平息，「水比我想像中的深！」

菲戈沒有回答。

淡淡的光映著湖水，籠罩著兩個人。水珠從身上滾落，一滴滴滑入湖中，她榛綠色的眸子帶著濕漉漉的水氣，白皙瑩潤的胴體彷彿感到冷，在他強健的臂彎中輕顫。

粗糙的掌心貼著肌膚，沿著她誘人的曲線移動。湖水輕漾，無法緩解熱意的攀升。菲戈將她放在晶粉積成的淺灘，俯首一路吻下去。她無處退避，只能抓住他寬闊的肩。

「菲戈……」空虛的渴望燒灼不安。

「嗯……」

隨著回答，他深深埋進了柔軟的身體，強烈的刺激，讓兩人同時呻吟。

清透的湖水一波波蕩開，迥異於初夜的溫柔，他狂野地索取歡樂，極致的放縱，幾乎讓她難以承受。

模糊而粗重的喘息在洞中迴響，重疊的身影投在石壁上，猶如亙古以來的男女，在慾望交錯中征服。

躺在攤開的衣物上，林伊蘭微微瑟縮了一下。

菲戈敏感地覺察，拖過一旁的大衣蓋住她。肌膚已經乾了，他仍然擁著她，在湖水散出的熱力下，倒也不覺得冷。

「等熱氣弄乾頭髮再出去，外面溫度太低，妳會受不了的。」他從衣袋中翻出一片曬乾的葉子，遞至她唇畔，「吃下去。」

林伊蘭依言咬進齒間，入口略帶酸澀，「這是什麼？」

「這種藥草能避免懷孕。」

她噎了一下，「你想得很周到，但……」

菲戈知道她想問什麼，「那次妳也服過，在湯裡，我不會讓妳因此而有麻煩。」

「你對女人都這麼體貼？」林伊蘭不知該說什麼，輕笑了一聲，「謝謝。」

菲戈沉默了半晌才又開口：「妳記得到我屋子的路，對吧？」修長的指尖撥弄著她心口的晶石，「如果以後想來找我，就在進貧民區前把這個放在衣服外面。」

林伊蘭驚訝得許久說不出話，「你不怕？」

線條分明的唇邊露出笑意，融化了冷峻，「妳都不怕，我怕什麼？」

理智一再警告，身體卻無法控制地淪落。

林伊蘭再也沒回過帝都，軍中休假全留在休瓦。短暫的溫暖讓人戀棧，哪怕只是慾望的交纏。

菲戈一點一點地教會她所有，用各種姿勢縱情歡樂，點燃每一次令人顫慄的激情。他十分敏銳，總能察覺她最細微的需求，比她更瞭解自己。在這樣的男人身上，她學到的遠不只歡愛。

她叩門時，他時常會在，偶爾不在，也會很快出現，一次在門外等的時間稍長，菲戈開始教她開鎖的技巧，弄來各式各樣的鎖示範練習，雖然未必用得上，她仍學得很仔細，只覺得又多了些新的樂趣。

漫長的冬季過得比想像中快，分區被盜審查宣告結束，沒有查出任何問題，日子恢復了原狀。

身邊的各色目光從未停止猜疑，林伊蘭的心情卻不復往日抑鬱，彷彿許多事已無足輕重。似乎有什麼改變了，又似乎什麼也沒變。

「在想什麼？」

「沒。」林伊蘭正在研究他的短刀，指尖掠過菲薄的鋒刃。

刀泛著金屬的冷光，刀身極沉，比普通的短刀略窄，線條犀利而優美，又予人冰冷的距離感，一如它的主人。

菲戈沒有追問，「這種刀對妳來說重了一點，有機會替妳找把輕的。」

從不多問，這是兩人之間的默契，一向有共識的不予打破。

「不用，我只是瞧瞧，它很漂亮。」

菲戈望了望窗外漸沉的暮色，突然開口：「有沒有興趣跳舞？」

林伊蘭驚訝地抬眼。

「貧民區的地下舞會，想不想看看？」

「我的身分……」

「不會有人知道。」他截斷她的疑慮。

「你確定？」

「嗯。」

林伊蘭直覺地看了下衣服，「我沒有裙子。」

「不需要。」菲戈打量了一下，「這樣很好。」

熊熊的火焰在巨大的鐵桶中跳躍，一長排像火龍擺開，讓室內的溫度猶如初夏，迴異於室外滴水成冰的嚴寒。

這是一個極大的地下建築，被土掩了一半，外表只見傾頹，內裡卻別有天地。偌大的空間全靠鐵桶中的火焰照亮，時明時暗，人影幢幢，氣氛十分熱烈。

所謂的樂隊，只是幾把殘舊的小提琴，及一架斷了腿又修補過的鋼琴，不過誰也不在意，數不清有多少人擠在場中，興致高昂地隨著音樂跳舞。

女人們穿著長裙，露出白皙的肩膀和鎖骨，甚至有些故意袒露出半邊胸脯，吸引更多視線流連。或許僅有林伊蘭是例外，軍事學院養成的著衣習慣在此時顯得格格不入，招來了無數的目光。當然，這也可能是因爲身邊的菲戈，沿途一直招呼不斷，似乎每個人都認識他。

「不用緊張，他們只是好奇。」菲戈輕鬆自如地帶著她穿過舞池，在人稍少的暗處駐足，「妳等一下，我去弄點喝的。」

紛雜的眼光令人不安，身邊不時傳來曖昧的口哨，幸好昏暗的光線帶來了一定遮蔽，林伊蘭抑住情緒，盡量不去想身分暴露的後果。

「嗨！美人，」一個影子晃近，戲謔地招呼，「我認得妳。」

林伊蘭有一刻的屏息，「你是……潘？」

「我一看就知道是妳！」潘綻出笑臉，跳上旁邊的石階，「沒想到菲戈眞把妳弄到手了，我還以爲他對女人不感興趣。」

過於直露的言語令人窘迫，林伊蘭沒出聲。

「放心，我不會說的，菲戈警告過。」潘將兩根食指豎在唇上，做了個鬼臉，「肖恩和黛碧也不會說，我們有規矩。」

順著潘身後望去，曾被她兩度打昏的肖恩在遠處陰鬱地盯著她。黛碧穿著一件稍稍嫌大的裙子，領口拉得很低，站在一旁，眼神輕蔑。

「妳眞漂亮！雖然穿得像個男人，也沒化妝。」潘打量著她的襯衣，肆無忌憚地評論，「我能摸一下妳的腰嗎？」

「不行！」回答潘的是去而復返的菲戈，他拎著兩杯酒，毫不客氣地踢開潘，「把你的心思轉到別處去。」

潘抗議地揮了揮拳頭，不甘心地跳回小夥伴身邊。

「這裡只有這個，將就一下。」

林伊蘭稍稍放鬆了一點，接過菲戈遞來的酒杯，抿了一口，味道有點怪，但不難喝。四周的眼睛讓她緊張，酒帶來了些許鎮定，只是效力比預料中重得多，當她覺察的時候，已經太遲了。

菲戈發現她的杯子空了，仔細瞧了瞧她的眼神，似乎覺得有些好笑，一把將她拉進了舞池裡。

她的神志變得模糊，音樂聲忽高忽低，周圍的景物彷彿在晃動。一切都消失了，視線中唯有菲戈的臉，唇角噙著柔軟的笑，深邃的眼中彷彿有光芒躍動。

她一時心神恍惚，環住了他的頸，菲戈收攏手臂，讓彼此的身體貼合得更緊。轟鬧的人聲不復存在，他帶著她隨音樂緩慢搖晃，強烈的男性氣息籠罩著每一根神經，令人悸動而溫暖。

不知跳了多久，她醉得無法再繼續，菲戈將她扶到場外，沒多久又被人叫走，他只好吩咐潘在一旁照看。潘變化多端的臉在眼前晃了許久，最後又換成菲戈，沒表情的面孔變得有些陌生，替她穿上外套，半扶半抱地回到舊屋。

迷濛中，她有短暫的清醒，壁爐的火安靜地燃燒，菲戈卻不知去向。缺了一個人的房間寂靜得過分，沒來得及細想，她又睡著了，錯亂的夢境讓她睡得很不安穩。

夢裡有濃重的煙味，林伊蘭驚醒過來，發現菲戈坐在床邊，他凝視著她，深暗的眼眸複雜得看不清，地上落滿了煙頭。

對視良久，林伊蘭莫名不安，剛想開口，菲戈忽然吻了下來。

他的唇帶著濃烈的煙味，苦澀而激烈的吻彷彿在發洩什麼，甚至弄疼了她，林伊蘭疑惑想問，卻被他緊緊地按在懷裡，疲倦讓她很快又睡去。

晨曦的光映上了窗台，林伊蘭習慣性地在天亮時醒來，按了下宿醉後發痛的頭，她掀開被子，披衣起床，輕手輕腳地洗漱整潔，扣上大衣。

菲戈仍在沉睡，林伊蘭在床邊端詳了一刻，合上門悄然離去，如每一次清晨的歸隊。

帝國軍隊對血統門閥極其講究，平民出身晉升極難，大多數士官前途無望，只好把心思用在斂財和賭博上，像鍾斯一類，雖有不滿卻依然盡職的，寥寥無幾；而如秦洛一般貴族出身的軍官，則利用背景人脈及靈活的頭腦，往上爬升。

林伊蘭不曾堅拒秦洛的追求，但也不熱情回應，數次邀約中偶爾回應一次，談些散漫的話題。秦洛並未顯露急於求成的迫切，也沒有在她面前展現花花公子的手段，秉持分寸，耐心有禮，反而更難應對。或許事務繁忙，秦洛近一段時間沒有現身，倒讓她鬆了一口氣。

休息區的一角，林伊蘭在熱咖啡的香氣中給瑪亞嬤嬤寫信。要將軍營生活描述得輕鬆愉快不是件容易的事，她盡量編得可信，想到瑪亞嬤嬤戴老花眼鏡看信的樣子，便忍不住微笑。

「長官在寫情書？」安姬見她心情不錯，湊趣談笑。

林伊蘭莞爾，「不，是家書。」

「眞羨慕長官，和家人感情這麼好！」勾起心事，安姬臉上浮出一絲傷感，「我哥哥說不定還希望我戰死，好領取撫恤金呢！」

林伊蘭溫言撫慰：「以後妳會有屬於自己的家，擁有更親的家人。」

「謝謝長官，可我知道退伍後的女兵大多過著什麼樣的日子。」安姬在現實中見得太多，早已對未來心灰意冷，「她們或者去做街邊流鶯，或者嫁一個暴燥的丈夫，生下的孩子只能喝稀薄的湯，爲了搶一塊黑麵包打破頭。像我母親，還要不停地替人洗衣，冬天全靠烈酒禦寒，在水裡泡爛了手……我將來也會一樣。」

林伊蘭攬住了安姬單薄的肩，心口像被堵住般窒悶，「不，安姬，妳不會這樣。」

安姬抽了下鼻子，勉強擠出笑臉，「對不起，影響了長官的心情，請繼續寫信吧！我只是想說，長官剛才的笑容很美，看的人都會覺得幸福。」

安姬帶著悽惶和傷感，倉促地跑開。林伊蘭望著她瘦弱的背影，對著信紙呆了半晌，再也寫不出一個字。

沒有陽光的街道陰冷潮濕，街邊的流鶯對所有路過的男人拋媚眼，十三、四歲的雛妓抹著劣質的胭脂，瘦削的夥計在店鋪門口招攬生意，臉上帶著疲倦的青黃。

林伊蘭停下來，買了一瓶酒，沿著街後的小巷走進了貧民區。

三三兩兩的流浪漢打量她，戲弄的口哨不斷，走過的時候，總會聽到一兩句曖昧的褻語，但他們並沒有接近的意圖。

走近熟悉的屋子，野鴨在籬邊翻找著食物碎屑，見到她，一搖一擺地迎上來。她不自覺地抿唇，心底有一絲歡悅。

門僅是虛掩，她隨手將酒放在矮櫃上，進裡間正要呼喚，唇突然僵住了，身體一瞬間冰冷。

菲戈確實在，但屋裡並不只有他一人，還有一個年輕妖媚的女人，緊緊攀在他身上，水藻般的長髮披散，臉頰泛著紅暈，溢出撩人的呻吟。菲戈吻著女人的頸，和與她歡好時沒什麼兩樣。

林伊蘭僵了一剎，轉身走出，在簷下微微頓了一刻戴著漆皮手套的指輕抵滲汗的額，或許是天色過於明亮，竟有片刻的暈眩。耳畔有什麼在叫，野鴨在腳邊揮動著翅膀，她俯身抱起來，快步走了出去。

過了一刻，院外響起一聲短促的口哨，屋裡纏綿的人忽然停下來，菲戈推開了懷中的女人，「夠了！」

「爲什麼要停？菲戈，你知道我喜歡和你做……」女人翹了下紅唇，抓起他的手放在傲人的胸部，「我會給你無上的享受，比那女人好一百倍！」

菲戈面無表情地抽回手，「喬芙，我們說好只是演戲。」

「爲什麼不眞試一次？反正那女人走了，你也不想再和她糾纏。用這種辦法，我得說你很壞，她一輩子都不會忘記！」無視衣裙凌亂，喬芙懶懶地倚在床頭，誘人的胴體一覽無遺，輕佻的話語似嫉妒又似戲謔：「不過像你這樣的男人，總是讓女人又恨又愛，或許她還會回來找你。」

菲戈對喬芙的猜測不予回應，「妳走吧！」

喬芙沒趣地撇了撇嘴，拉起裙子離開，走到門邊，又回首拋了個飛吻，「如果改變主意就來找我，隨時歡迎。」

門一晃又合上，喬芙走了，野鴨的聲音也沒了，屋子安靜得像一座墳墓。

菲戈靜默了一陣，穿上外套走出，到了門口忽然又折回，盯住矮櫃上的紅酒。細長的酒瓶泛著幽光，上面貼著素雅的標籤，寫著產地和年份。他知道那是伊蘭出生的那一年，那麼今天也許是……

菲戈閉上眼，許久才睜開，將唇貼上了冰涼的瓶身，彷彿親吻著她溫熱的唇。

風中不再有刺骨的寒意，酷厲的冬天已近尾聲，公園湖面的冰層融化無蹤，樹木的枝頭也萌出了綠芽。

林伊蘭在長椅上坐了很久，久到腳邊的野鴨不耐煩地踱步。

她終於回神，突然提起野鴨翅膀，用力拋出。在驚恐的嘎叫中，野鴨飛速下墜，終於展開雙翅飛起來，在遙遠的湖面落下。輕柔的水面喚起了記憶，牠開始划水，再度熟悉野外的生活。

纖細的手扯下頸上的項鏈，剔透的綠晶石劃過一道弧線，落入湖心，激起幾絲漣漪後，消弭無痕，一切又回復了寂靜。

08 晚宴

踏進房間，安姬愣了一下。

房裡沒有開燈，暗得辨不出輪廓，軍營夜燈的光投在窗上，映出了一個斜坐在窗台上的人。美好的身形像一枚黑色的剪影，挾著煙的指一動不動，煙灰積了很長，星火黯得幾乎看不見。

「安姬？」黑色剪影轉過頭詢問。

安姬心一跳，立即敬禮，「對不起，長官，我來送輪值表。」

「放在那裡吧！」微光勾出了側臉，輕柔的聲音依然動聽，「對了，安姬，能替我去買包煙嗎？隨便什麼牌子。」

接過錢幣，安姬小跑到軍營中的販賣部挑了一包煙，回去交到對方手上時，囁嚅著提醒：「長官，這個對身體不好，最好少抽一點。」

黑暗中的人似乎笑了，「沒關係。謝謝妳，安姬。」

沒什麼再能說的，安姬合上門，退了出來。

今天的長官似乎很不一樣，那樣美的人，卻讓人覺得非常的……寂寞！

「參見將軍。」

同樣的房間，同樣的人。筆挺的軍裝，閃亮的金釦，林毅臣公爵仍是一絲不苟的儀表，挑剔冰冷的態度，依舊是從繁瑣的公務中撥出十分鐘，「聽說妳對秦洛很冷淡，爲什麼？」

林伊蘭猶豫了一下，「我不認爲有必要過於接近。」

「他有什麼地方令妳不滿？」

「沒有。」

「那很好，多瞭解他，三個月後舉行訂婚儀式。」公爵的命令一貫簡單直接，「妳該早日習慣妳的丈夫。」

林伊蘭沉寂了一刻，「婚後我可否申請退役？」

「不可能！」冷淡的語氣極其不悅，一言否決，「林家沒有退出軍隊的人。」

「讓下士做秦夫人恐怕是個笑柄。」

「婚禮前我會將妳復職。」

「做以前的文職？」

「暫時讓妳當營級指揮，妳必須掌控一定軍權，這樣對秦洛未來的提升更有幫助。」公爵語氣譏諷，「他要的不是一個花瓶！」

「如果我缺乏這樣的能力……」

空氣僵冷了一瞬。

「就算妳無能到極點，也必須替他佔住關鍵的職位！」公爵抬起眼盯著她，冰冷的態度毫無轉圜的餘地，「妳已經讓妳的父親徹底失望，至少該讓妳的丈夫稍覺安慰。」

「是，將軍。」長久的沉寂過後，林伊蘭戴上軍帽，結束了對話。

結束一天的訓練，解散了士兵，林伊蘭頓了頓煙盒，抽出一根煙點上。

剛吸了一口，她抬眼看見鍾斯，「長官。」

鍾斯揮手止住她行禮的動作，站在一旁，看其他連隊收操，「什麼時候學會抽煙的？」

林伊蘭略微一愣，「近一陣。」

「也喝酒？」

「那倒沒有。」見鍾斯示意不必掐滅煙蒂，又不似質詢，林伊蘭些微不解。

「最近是家中有事還是隊裡有問題？」

「沒有，一切正常。」林伊蘭警覺地回問：「是否我哪裡失職，讓長官覺得不當？」

「公事上沒有問題，只是……妳精神很差。」

林伊蘭放下了心神，「可能近期有點失眠。」

「去找過軍醫？」

「謝謝長官，沒這個必要，過一陣子會恢復的。」

鍾斯皺起眉，林伊蘭不經意瞥見，一時失笑，「只是一點倦怠，抱歉，讓長官掛慮是我的失職。」

鍾斯換了個話題：「聽說秦上校在追求妳？」

林伊蘭一笑，沒有回答。

「他很有眼光！」鍾斯低哼一聲，盯住從遠方走近的身影，「但別太順著他，除非肯定他會娶妳。那個風流的傢伙名聲可不怎麼好！」

林伊蘭收起笑，認眞地致謝：「謝謝長官，能成爲您的下屬是我的榮幸。」

儘管鍾斯態度粗魯又愛罵人，卻是一個眞正的好人，比許多言辭虛矯的貴族更坦率，凶惡得讓人溫暖。

鍾斯顯然不喜歡秦洛，遙遙依例行禮後大步走開，沒有敷衍的興致。

秦洛望著鍾斯的背影，若有所思，「鍾斯中尉似乎對我有些看法。」

「怎麼會？中尉近期很忙，秦上校不也是？」林伊蘭輕描淡寫地帶過。

「伊蘭是在責怪我最近的疏忽？如果是，那我可要驚喜了！」秦洛微笑，風度翩翩地邀請，「我在城中找到一家店，咖啡很道地，西點的味道可比帝都，不知是否有幸邀能請伊蘭一同品嘗？」

綠眸隱去了情緒，林伊蘭淡笑，「多謝秦上校，可最近訓練較多，我有點疲憊。」

又一次禮貌的婉拒，秦洛還未來得及表露失望，柔和的話音再度響起：「但假如是在營地休息區坐坐，我樂意奉陪。」

「是我考慮不周，營區確實更合適。」意外的首肯令秦洛驚喜，立即展現絕佳的風度，陪著佳人走向休息區。

除了晶礦，休瓦還擁有茂密的自然森林。每到春天，雪水化成了山瀑奔流，水霧森森，林間百花盛放，鳥獸成群，以優美的風景聞名於帝國。

早年有許多貴族在休瓦建有別墅，繁榮一時，其後隨著越來越惡劣的治安，逐漸被遺忘廢棄。一棟棟精美的別墅空蕩無人，天鵝絨帷幔落滿灰塵，華麗的雕塑與鳥雀為伍。

西爾曆一八八五年春季的某一天，皇帝陛下心血來潮，將皇家春季狩獵會定在休瓦舉行，整個城市空前忙碌起來。

帝都來的管家招募了大量僱工裝飾花園、清洗地毯、翻曬絨被、擦淨銀器，試圖在最短時間內將久閉的別墅整飾一新。當走廊的扶梯擦得晶亮，芬芳的鮮花驅走濁氣，廚房飄出燻腸和火腿的肉香，陽光所到之處一塵不染，狩獵會終於來臨。

春狩盛宴是上流社會的頭等大事，無數名流淑媛陸續抵達，休瓦大小別墅人滿為患。緊張的僕役在走道上飛速穿梭，回應每一個命令。侍女打開厚重的衣箱，熨平從帝都帶來的每一件華服。

但最忙碌的，絕不是受人驅使的僕役。

休瓦警備隊傾注全力，抓捕可疑人物，城內監獄塞滿了流浪漢及小偷、乞丐，法官宣判的過程簡化到極致，處刑台天天有屍體被卸下拖走。

繁忙的工作極富成效，司法大臣對快速判決及驚人的案件數量公開嘉許，盛讚休瓦法官勤懇優良，對法官維護法紀的堅決果敢極爲欣賞。

休瓦本地貴族難得有親近皇室的機會，如此多的達官顯貴親臨，無不視爲結交的最佳機會。爲了保障皇室及貴族的絕對安全，休瓦各界壓力空前，基地承擔了主要防衛工作，巡邏的士兵大爲增加。

在此同時，林伊蘭接到了一項特殊的命令——爲了數月後訂婚消息的發佈，她必須以公爵千金的身分在皇家狩獵會的開場宴會上正式露面。

林伊蘭的生活一直被軍隊與訓練瓜分，除了必要的應酬，鮮少參與上流社會交際，這次卻無法迴避地必須跟父親一道列席，光是想像，她已經胃部不適。

踏入林家在休瓦的別墅，管家帶領成列的侍女家僕俯首鞠躬。林伊蘭的目光掠過寢房內成箱打開的禮服珠寶、造型古典的梳妝檯及粉盒、懸在架上綴有精細花邊的緊身束腰，胃真的開始痛起來。

任憑侍女妝扮，林伊蘭詫異地問：「瑪亞嬷嬷爲什麼沒來？」

身後的侍女將假髮以珍珠髮針固定，又以梳子細緻地修整，形成柔美自然的長捲髮後，恭謹地回答：「瑪亞嬤嬤原本想來，但近期有些發燒，受不了馬車顛簸。」

林伊蘭突然抬頭，險些被髮針戳中，不顧扯痛地追問：「瑪亞嬤嬤怎樣了？有沒有請醫生？」

侍女嚇了一跳，趕緊挑鬆髮結，「瑪亞嬤嬤說醫生都是些笨頭笨腦的蠢材，除了放血，什麼也不會，她自己熬點湯藥就好。」

瑪亞嬤嬤固執起來，誰也勸不住，林伊蘭心底清楚，更添了一份憂慮，「現在有沒有人照顧？」

「宅內留有侍女專門照看，聽說比前幾天稍好。」

她已經許久沒有回過帝都，瑪亞嬤嬤怕她牽掛，信裡也不提半分，她竟連瑪亞嬤嬤生病都一無所知！侍女軟言勸慰了半晌，林伊蘭一個字也聽不進去，悔恨和歉疚溢滿了心房。

撲上香粉，戴上配襯的珠寶，她站起身，厚重的宮廷華裙窸窣拂動，落地長鏡裡，出現了一個盛裝的女子。

束腰扣得她幾乎無法呼吸，卻也塑造出柔弱纖細的體態。假髮挽起了帝都最風行的髮髻，薄薄的脂粉讓肌膚瑩白柔潤，突出了深濃的長睫，寶藍色的曳地禮服高貴典雅，沉甸甸的鉑金鏈壓在鎖骨上，中間鑲有一塊玫瑰式切割的巨型方鑽，繁複的設計極盡奢華，出自皇室御用工匠之手，爲先代公爵夫人特別訂製。

一切都很完美，除了頭頸和身體的沉重。

林伊蘭望著鏡中的自己，束縛在一堆華貴的衣飾之中，像一個陌生人。

在門廊待了一刻，內廳響起腳步聲。

公爵穿著筆挺的軍式禮服，授帶鮮豔，胸口一排閃亮的勳章，見到她後，腳步稍頓，打量了一下，沒說什麼，逕自向門外等候的馬車走去。

行過身畔，林伊蘭才發現父親身後還有人。

身著正裝的林晰有一種昂揚的英氣，對她點點頭，「伊蘭表姊。」

明明戴了蕾絲長手套，她依然覺得指尖有點冷，「林晰，何時到休瓦的？」

「前天叔父派人接我過來。」林晰望著她，很快又別開視線，「聽說伊蘭表姊快訂婚了，恭喜妳。」

林伊蘭極淡地笑，半晌，伸手替他正了正襟上的胸針。金色的胸針襯著飾帶，刻紋是林家的家徽，「謝謝，應該是我恭喜你。」

林晰似乎想退開，不知爲何卻沒有動，低頭看著她整理，「我不明白伊蘭表姊的意思，叔父他……」疑惑的聲音突的停住，他盯著她，剎時想到什麼，忽然呆住了。

林伊蘭不再停留，轉身離開，只留給他一個窈窕的背影和輕柔的提醒——

「走吧！宴會的時間到了。」

馬車裡沉寂無聲，窗外掠過層層樹影，休瓦的天氣，似乎總是一片陰沉。

單調的車聲中，林晰突然開口：「請問叔父，這次讓我來休瓦是爲了……」

「作爲林家未來的繼承者，必須讓社交界有一定印象。」公爵淡道。

「我以爲這次是爲了將伊蘭表姊介紹給社交界，而不是……」

公爵略感意外地掃了他一眼，「可以一併解決，我不希望浪費太多時間。」

「或許不太合適，畢竟這是伊蘭表姊初次露面，這樣做……」林晰的臉有些發白。在公爵僵冷不悅的神情下堅持把話說完，需要相當的勇氣。

「林晰，」柔和的聲音適時響起，林伊蘭側過頭打斷了他的話，「一會兒可以扶我下車嗎？這裙子不太方便。」

「是，伊蘭表姊。」冷場了一刻，林晰的聲音低下來，「樂意效勞。」

馬車在休瓦市政廳前停下，迎上來的是等候已久的秦洛。

帝都最流行的禮服上別著絲巾，領結打得十分完美，秦洛顯得英挺而倜儻。他禮貌地問候了公爵，又扶著林伊蘭走下馬車，毫不掩飾驚豔。

「眞美！伊蘭今晚將令所有名媛黯然失色。」

「謝謝。」林伊蘭收回手，長長的睫毛覆住了榛綠色的眼眸，也覆住了冰冷的疏離。

秦洛注定要失望了，今天公爵的目的，比他所預想的更爲複雜！

在引領女兒踏入社交界的同時，宣佈林晰爲家族繼承人，這無異於昭示眾人，公爵千金不受喜愛，更不足以在林家形成影響，即使聯姻，秦洛也不可能從林家獲取全力支持。這種變相的宣告，上流社會誰都能看懂。

父親無疑是欣賞秦洛的，卻又對他的野心抱有一定猜忌。究竟是良駿還是野狼，該扶助或是箝制，唯有用時間來分辨。這樣的妻子做來相當有趣，誰知道會不會有一天，殷勤愛語化成無盡的怨憎，彼此相視如仇敵？

林伊蘭從侍者的托盤上拈過一杯紅酒，慢條斯理地品飲。陽台上的空氣略爲寒涼，缺了披肩籠罩的肩臂有點冷。

這裡很安靜，能隔去嗡嗡的低議與閃爍的目光。甫一露面即被宣告失去繼承資格的公爵小姐是個極具吸引力的話題，可以料想未來的數月都不會平息，幸好休瓦基地的高級將領承擔防衛重任，無法與宴，否則明日起，她恐怕得休長假。

林晰隨在公爵身邊熟悉各路顯貴，盡職地做一個合格的繼承人。秦洛不知去向，大概需要一點時間撫平憤怒，在他再度回來扮演完美情人之前，她應該能清靜一陣。

剛轉過念頭，身後的陽台門打開，傳來人聲嘻笑。一對貴族男女相擁而來，男人英俊中略帶輕浮，女人冶豔的眉目十分眼熟，藉著燈光一瞟，林伊蘭訝然低喚——

「娜塔莉？」

笑聲停了，兩人同時望過來，娜塔莉認出了白藤長椅旁的好友，浮出難以置信的神色，「妳怎麼會在這？」

男人被打斷時有些不愉快，打量後又生出了興趣，在一旁插話：「娜塔莉，這是妳的朋友？請問芳名是？」

娜塔莉笑容微收，隨即又綻出一個更明豔的笑，「迪恩，我忽然覺得有點渴，你能否替我去拿杯紅酒？再加幾樣小點心就更完美了。」

迪恩惑於嬌媚的美態，一口答應，正待離去，又被娜塔莉扯住，吻了一下，陶醉中，只聽佳人嬌語：「點心要我最愛的馬卡龍，找到了快點回來。」

柔媚的話語讓骨頭軟了一半，迪恩幾乎是飄著離去。

「馬卡龍？我怎麼不記得宴會裡有這個點心？」林伊蘭嘆爲觀止。

娜塔莉收起媚態，毫不在意地輕謔道：「管他有沒有，只要他一時半會無暇纏著我就好。倒是妳怎麼會在這，我還以爲看錯了人。」

林伊蘭解開了她的疑惑：「家父選了個好時間讓我進入社交界。」

「妳這樣很漂亮。」娜塔莉斜睨了一眼，「不過最好離我遠一點，我討厭其他女人搶走男人們的目光。」

林伊蘭失笑，「眞是抱歉！妳大可放心，我想以後應該不會了。」

「爲什麼挑這個時機？我以爲令尊打算讓妳一輩子與社交界絕緣。」

貴族世家的少女通常在十七歲後，由年長貴族女性引領進入社交界，此後才能參與各類舞會，接受異性的追求，及至二十餘歲仍未被正式引入的，極其罕見，公爵的異常行爲曾激起不少私下猜疑。

靈光一閃，娜塔莉頭腦反應極快地問道：「妳要結婚了？」

「妳猜對了！」

娜塔莉譏道：「妳父親簡直是個老古板，到這個時候才讓妳露面，怕妳被迷昏頭，跟男人私奔嗎？」

「不要把時間浪費在與目的無關的事上，」林伊蘭轉了轉酒杯，輕抿一口，「這是他常用的訓辭。」

「他的生命一定毫無樂趣可言！」娜塔莉不以爲然地輕哼。

「我想他的生活由命令與責任組成，並以此爲傲。」

娜塔莉同情地看著她，「秦洛呢？既然你們要結婚，他怎麼沒陪妳一道出席？」

「他來了，」林伊蘭的語調帶上了輕嘲，「不過現在可能需要點時間克服失望。」

「什麼失望？」

「我眞懷疑宴會開場的時候妳究竟在做什麼。」林伊蘭搖了搖頭，心底也能猜到幾分，「稍早前，我父親宣佈公爵的名號將由林晰繼承。」

娜塔莉張大了嘴，半晌才喃喃道：「都怪迪恩那傢伙，看我錯過了什麼！妳父親眞狠，竟然在這種時候公佈，我懷疑妳究竟是不是他的親生女兒。」

「是我的無能才致使父親更換繼承人，所以活該受到這樣的懲罰。」

「妳一點也不憤怒？」娜塔莉怪異地打量她，「妳父親的作法，簡直等於甩了秦洛一巴掌，妳嫁過去，絕對不會好受！」

「訂婚的目的可不是為了我的感受。」

「他想得到一個虐待妳的女婿？我確實無法理解。」

「秦洛不會傻到那種程度，」娜塔莉的語調讓林伊蘭又笑了，「這是一個試驗，看秦洛有什麼反應。現在的他還不值得林家下太多籌碼，表明態度是必要的，至於以後……誰知道？」

「別說了！口氣像完全與妳無關，笑容又像面具。」娜塔莉環住手臂，語氣極差，「妳何時變得跟假人一樣？我寧願看見妳哭。」

「親愛的娜塔莉，別對我太苛刻，我能控制的只剩這個。」林伊蘭沒有生氣，笑容稍淡了些，「妳和迪恩又是怎麼回事？勳爵夫人未免太放縱了一點！妳還在新婚，就算再怎樣討厭，至少也該給妳的丈夫留點顏面。」

儘管不清楚勳爵夫妻二人日常是如何相處的，但在皇室晚宴上公然偷情，平日的肆意不難想像，沒有一個丈夫能忍受這樣的羞辱。

娜塔莉冷笑，尖銳地譏嘲：「他可沒力氣管我！離開吸痰器，漢諾根本不能呼吸，永遠要有三個護士圍在左右，我甚至無法忍受跟他一起用餐。他還命令管家時刻報告每一筆帳目，親自審核開支，那副樣子，實在令我覺得年老是一種罪惡！」

「娜塔莉！」她毫不掩飾的嫌憎令林伊蘭心口窒悶，「他畢竟是妳的丈夫。」

「對，他是我的丈夫，我比誰都清楚這個令人沮喪的現實。」娜塔莉深吸一口氣，「我憎恨這該詛咒的事實，憎恨我的丈夫、我的父親、我的家族，甚至憎恨我的愛人、憎恨世上的一切。」

玫瑰般的女郎迸發出強烈的恨意，林伊蘭久久無言，「娜塔莉，這種報復只會傷害妳自己。」

娜塔莉不屑地反駁：「那又怎樣？至少我能讓自己快活，不像妳，只會把不滿吞進心底埋葬，永遠任人擺佈，連反抗的意志都沒有，軟弱到令人厭惡！」

林伊蘭沉默以對。

娜塔莉並沒有停下尖刻的攻擊：「妳以第一名的成績畢業，教官都誇讚妳的優秀，妳卻偏偏選擇文職，只肯當一個小小的少校，把自己弄到橫遭輕鄙的地步，簡直像個傻瓜！假如我是妳，絕不會蠢到把繼承權拱手讓人，只要表現得稍稍合乎令尊的期望，等他死後，妳就是薔薇世家的女公爵，權力、地位，應有盡有，而不是像現在被當成廢物擺弄，把唾手可得的一切放棄……我真不懂妳到底在想什麼！」

林伊蘭的笑容終於消失了，櫸木門扉中流入舞場傳來的輕柔樂曲，誰也沒有說話，直到迪恩端著托盤，興高采烈地闖入。

「親愛的，我讓廚房現做了馬卡龍，嘗嘗是不是妳喜歡的口味。」

曳地長裙拂過大理石門廳，林伊蘭步下休瓦市政廳外的長階。

廳內的歌樂徹夜不停，仍在延續著狂歡，林家的馬車停在階前，她正要上車，卻被追出來的男子拉住了手臂。

秦洛彬彬有禮地挽留，彷彿什麼也沒發生，「對不起，伊蘭，我去拿兩杯紅酒，回來時已找不到妳，直到一個侍從說妳招了馬車。能否再爲我留一會兒？」

「抱歉，我有點累了。」林伊蘭禮貌地笑笑。

「至少和我跳一支舞，」秦洛不放棄地請求，「今天的妳非常美，不知有多少人羨慕我，也許我該讓這種嫉妒更強烈一點……」

把暗諷說成羨慕，神情又如此自然，林伊蘭不能不佩服。不經意的目光掃過秦洛英俊的臉，她忽然發現對方的下顎紅了一塊，彷彿有些腫脹，「你的臉是怎麼回事？」

秦洛一愣，隨即笑道：「剛才被一個冒失的侍者撞了一下，看來我今天運氣不佳。」

林伊蘭淡笑。

秦洛望著她，眼中閃過某種難以捉摸的意味，「假如伊蘭能吻我一下，疼痛應該會立刻消失。」

「似乎不太嚴重，我想明天就會好。」林伊蘭收回視線，轉而告別，「這種場合我不太習慣，請容我提前退場，願上校玩得開心。」

秦洛沒有過多糾纏，秉持紳士的禮儀將她送上馬車，吻手告別，友好溫存如常，馬車駛出很遠，還能看見他目送的身影。

林伊蘭倚上靠墊，微微垂下眼。

秦洛……這個人很不簡單！

完美的皇家盛宴即將落幕，卻在凌晨爆出了意外——休瓦大法官死了，被人發現陳屍在庭院一處噴泉花池中。

突如其來的不幸引起了騷動，防衛嚴密的舞會突然變得殺機四伏、人人自危。數位纖弱的女士在聽聞可怖的凶耗後，暈倒在男士懷裡。

皇帝陛下極其震驚，直到宮廷御醫在反覆檢視後，確定是酒醉後溺水身亡，排除了他殺的可能。公告的事實令恐怖氣氛煙消雲散，也讓承擔警戒職責的將官鬆了一口氣，貴族紛紛抱怨死得不合時宜的倒楣鬼，林伊蘭卻存有疑慮。

她對死者仍有印象，清晰記得休瓦大法官曾戴著銀色假髮，在火刑的現場當眾宣判，莊重威嚴一如律法之神在人間的代言人。據說這位聲譽卓著的法官審判嚴苛，對死刑尤為鍾愛，為皇家宴會做了大量準備，挖空心思謀求更高的職位，很難相信這樣的人會在宴會當天醉到失足溺死。

但這無足輕重，所有人都接受御醫的結論，沒人願意爲一個地方法官的死而深究。只是在其後的一個月，承擔警衛的軍方將領均被公爵以各種原因責罰，命令愈加嚴格。

宴會的風波過去了，可很顯然，對公爵而言並非如此。

以林伊蘭對父親的瞭解，這一舉動意味著基地內部徹底清查的開始，能無聲無息潛入皇室晚宴的凶徒，反映出的資訊極其可怕。

除了失蹤一陣，秦洛並未展露半分異態，他依然對將軍恭敬有加，對未婚妻殷勤備至，可以預期，訂婚儀式之前，他不會有任何改變。

林伊蘭沒心思關注秦洛，她牽掛著瑪亞嬤嬤的病。年老又固執的瑪亞嬤嬤讓她怎麼也放心不下，好不容易等到輪休，她立刻交代手邊的事務，告假離開了基地。

位於休瓦城西的火車站擁擠而嘈雜，運送晶礦的貨車剛剛抵達，裝車的工人在月台上穿梭往來。

買好車票，林伊蘭在站外等候。突地，不遠處傳來一陣喧嚷，兩個扛東西的男人撞在一起，推搡起來。林伊蘭望過去，眼前突然掠過一個騎自行車的身影，抄走了她放在地上的提箱。

提箱裡有錢袋和剛買的車票，林伊蘭心頭一急，立刻追上去。

偷走行李的是個少年，將匡啷作響的車騎得飛快，轉眼拐過了街角。林伊蘭追了幾十米，抄起路邊一塊碎石擲去，正中飛旋的後輪。自行車砰一聲翻倒，騎車的小偷在地上打個滾，將提箱拋給對街的同伴，自己逃進了暗巷。

休瓦的小偷慣常聯手合作，仗著地形嫻熟，接連換了幾個人，竄入潮濕骯髒的貧民區。林伊蘭猶豫了剎那，想到一天僅有一班的火車，咬牙繼續追趕。

路線越來越複雜，轉過一個巷角，前方赫然是條死路，她的心一沉，清楚自己落入了陷阱。

幾個高大的男人站在數步外，猶如等一隻落入羅網的蒼蠅，不用回頭，林伊蘭也能聽出身後的腳步，三五個人圍上來，阻斷了她的後路，將她困在巷底。

丟下提箱，少年在眾人之後摘下帽子，帶著尖銳敵意的面孔並不陌生，「妳逃不掉了！」

「肖恩！爲什麼？」暗中留意，林伊蘭心又沉了一分。

這裡已是貧民區深處，附近的地形，她完全陌生。

「爲何不說說妳的目的？」肖恩咬著牙，透出刻骨的冷笑，「屠夫公爵的女兒喬裝成低級士兵接近我們，究竟是爲什麼？」

腦中嗡的一響，林伊蘭掌心滲出了冷汗，「我聽不懂你在說什麼！」

「想狡賴？我親耳聽見妳和那個女人在陽台上的談話。」肖恩大笑起來，輕鄙的目光盈滿譏諷，「假如我是妳，絕不會蠢到把繼承權拱手讓人，只要表現得稍稍合乎令尊的期望，等他死後，妳就是薔薇世家的女公爵……」

惟妙惟肖地模仿娜塔莉的腔調，肖恩得意地嘲弄：「薔微世家的公爵，休瓦基地殺人無數的屠夫林毅臣——用女兒來刺探情報，想把我們一網打盡，可惜神讓我撞破了圈套，反而捉到了難得的人質。我可不像菲戈那麼蠢，被妳迷得什麼也看不清！」

「你的話很可笑，根本是出自荒謬的臆想。」林伊蘭冷靜下來，目光掃過幾個人腰間的槍，「你想殺我，無非是因爲菲戈。他奪走了你的地位，你不敢堂堂正正地爭奪，便編出這種可笑的謊言！」

肖恩神情一下子猙獰起來，臉色漲得通紅，「本來就該是我！我父親瘋了才會交給菲戈，他根本是個懦夫，從來不敢挑釁軍方，他根本不……」

「他不配做首領，只有你才配？」不待肖恩說完，林伊蘭打斷他，「你完全是個沒長大的孩子，你明白主動挑釁的後果是什麼嗎？你知道帝國在休瓦放了幾成兵力嗎？軍隊隨時可以碾平這個城市，你們藉著貧民掩護，最後會連累他們一起被炮火粉碎！你父親是對的，你不適合承擔責任，更連怎麼用腦子都沒學會！」

「是菲戈這麼說的？他只會畏首畏尾地躲起來，什麼也……」

「愚蠢的人是你！」林伊蘭聲調不高，卻壓住了肖恩，「除了狂妄自大和衝動燥進外，你還懂什麼？把髒水潑到我身上以攻擊菲戈，只為奪取權力，滿足自己可憐的控制欲，這樣幼稚的把戲，你不覺得羞恥嗎？」

「不許提我父親！我遲早會爲他復仇，」肖恩咆哮，憤怒地揮舞拳頭，「等公爵看見女兒被拖在馬後遊街，自然明白什麼叫報應，我很樂意看見他那時候的表情！」

「眞可笑！你以爲……」林伊蘭神色突然變成驚詫，「菲戈!?」

攔在前方的幾人一驚，同時回頭。

林伊蘭趁此瞬間衝上去，閃電般擊倒了兩個人。肖恩倉惶地拔出槍，來不及瞄準，她已衝開缺口，闖出包圍圈，藉著衝力一躍而起，翻越了巷底的牆，消失在另一側。

肖恩怒罵著，吹響了尖利的口哨。

09 危境

哨聲聚集了一大群人，大家對肖恩的命令並不積極，反而懷有疑慮地低議著，場面十分冷淡，肖恩氣得拔出視如珍寶的槍。

「那女人是軍方派來刺探情報的間諜，如果她逃出去，我們誰也不能倖免！不信的話，可以公開拷問，到時候就會明白我跟菲戈誰更可信！誰要是能捉住她，誰就能得到這把槍！」

烏黑晶亮的槍展現在眾人眼中，無異於高昂的懸賞，人群突然興奮起來，情緒亢奮地組成小隊，自發地加入搜尋，熱鬧地議論談笑，猶如一次刺激的狩獵。

忽然間，炙熱的氣氛彷彿被澆了一勺冰水，沉默迅速在人群中蔓延，凍結了所有聲音。一個男人走近，頎長的身影彷彿有某種無形的壓力，人群讓開了一條路。

男人在肖恩面前停下，冷峻的臉龐毫無表情，僅僅是沉默的注視，已讓肖恩侷促起來，不安地閃避他的視線。

突然瞟到跟在男人身後的少年，肖恩的怒氣暫態轉移了方向，「潘，你這個叛徒！」

潘不自在地撇開眼，「我覺得這件事應該讓菲戈知道，畢竟那是他的女人，你不該趁他去里爾城時自作主張。」

「等我找出證據，他自然會知道。」肖恩氣勢稍弱，遊移的目光終於對上菲戈，「你阻止也沒用，她是林公爵的女兒，我們不能放過這個機會！」

一言落地，四周一片死寂。

林公爵，這三個字勾起了無盡的仇恨，恐懼和敵意無形無質地瀰散，點燃了每一雙眼。

被稱爲「薔薇世家」的林氏，是西爾國首屈一指的名門。街巷俗諺流傳，鐵血林氏與帝國同在，足以道盡其地位與淵源。

與家族紋章上美麗薔薇迥異的，是林氏冷酷血腥的名聲，自第一代公爵一直延續至今。如果說林氏在帝國建立之初的殺人盈野是一種時勢的必要，那麼後世的悍戾鐵腕又是因何而來？或許只能用血脈中流傳的暴戾來形容。

第二代林公爵在南方一場分裂戰亂中，屠殺逾二十萬，平息動亂的同時，留下了遍地屍骸、瘟疫叢生，足足用了四十年才恢復生機。第三代林公爵在疆場上悍勇無敵，對邊境行省的民眾同樣無情，守城時派士兵挨戶搜掠軍糧，獲取勝利的代價，是城中活活餓死了十三萬民眾。

第四代、第五代……每一代林公爵的名字，都和血與火相連，林氏輝煌的歷史，由殺戮與血腥連綴而成，足以寫成一部帝國傳奇。

及至這一代，林毅臣以屠殺征服邊境蠻族，將其納入西爾國疆域之時，留下了一句名言：「以我之名，爲法之威！」這句名言在邊境得到了充分實施，以至於帝國將公爵調回帝都二十年後，林毅臣的名字在邊域仍然可止小兒夜哭。

林氏家族如帝國最鋒銳的刀，威權、尊崇、榮耀的同時，卻又可怖可畏，血之公爵、冷血屠夫等頭銜與之並存，休瓦人無不對其恨之入骨。

肖恩道出的名字，猶如冰水落入沸油，激起了轟然議論。激憤與仇恨湧動，懷疑與迷惑交織，各種情緒讓場面紛亂而嘈雜。

菲戈眼神森冷，直到議論漸漸低下，終於開口：「誰是這裡的首領？」

肖恩的臉僵住了，憋著氣沒有回答。

「誰？」菲戈冷冷地追問。

氣氛突然緊繃起來，四周凝固般死寂。

「你……」抵不住令人畏怖的壓力，肖恩帶著氣勉強回答，又脫口而出：「是你又怎麼樣？你只會袒護那個女人，根本不配當首領！」

菲戈神色冰冷，像在看一個無理取鬧的孩童，「有什麼證據？」

「我親耳聽見！」肖恩被他的神色刺激得吼了起來，「我躲在陽台下聽見她們的對話，她穿得像公主一樣華麗，和她交談的是勳爵夫人，她們還提到什麼繼承權……」

「還有誰聽見？」菲戈打斷他，「除了你。」

肖恩噎住了，氣得臉色發白。

「肖恩堅持說我的情人……」菲戈的視線掠過一張張觀望的臉，語氣冷詭而嘲諷，「是數日前在皇室晚宴上珠光寶氣的公爵小姐，我該怎樣證明？把眞正的公爵小姐弄到貧民區來作證？讓她光著腳站在泥地上說：『先生們，你們弄錯了！』」

人群發出了哄笑，僵持的敵意逐漸消散。

「也許該把公爵請來，問問他怎麼會想到讓自己的女兒出入貧民區，只爲幾份可憐的情報，公爵小姐是不是應該更值錢一點？或者建議公爵把肖恩說的那位漂亮的動爵夫人一併派來，再加上伯爵、子爵、男爵夫人，有這麼多美人，一定能根除休瓦城的叛賊！」

人群笑得更厲害了，肖恩的臉由白變青，動拳打翻了距離他最近的哄笑者，憤怒欲狂地吼叫：「我說的是眞的，以我父親的名義發誓！」

吼聲在空氣中消散，提到前任首領，人群安靜下來。

肖恩壓抑住瀕臨失控的情緒，一字一句地指控：「她是軍人，來自該死的軍隊，這一點你無法否認！我發誓她的身分有重大嫌疑，作爲首領，你沒資格阻止，必須讓我們找到她查明眞相，否則你就是被私心蒙蔽，存心袒護！」

議論再度響起，無數眼睛望向菲戈。

人群中站出了肖恩的支持者，「肖恩說的對，不管她是不是公爵家的小姐，我們都該找出她，探查清楚，就算是首領也不能阻攔！」

又多了幾個附和的人站出，議論聲漸漸大起來，肖恩漸生得意，挑釁地向菲戈望過去。

菲戈環視了一周，回答出人意料：「誰說我要阻止了？」鋒銳的唇淡抿，他無謂得像在看戲，「不是正要審問？我等著結果。」

肖恩頓時語塞，半晌才恨恨道：「她逃了，我想捉活的才沒開槍，不然她已經死了！反正她也找不到出路，遲早落在我們手裡！」

菲戈不留情地譏諷：「預先設下圈套，又找了十來個人，仍捉不到一個女人？幸好有槍，否則需要逃走的，或許是你！」

肖恩氣得口不擇言：「假如你願意出面，根本不用費這種力氣！」

菲戈無動於衷，「眞是可惜！數月前被她撞見我和喬芙在床上，她徹底拋棄了我，再不會相信我說的任何一個字了。」

肖恩狠狠地瞪他，「等著吧！我會很快把她押到你面前，揭穿一切謊言。」

俯視著氣勢洶洶的少年，菲戈毫無笑意地扯動唇角，「我很期待。」

休瓦地下叛亂組織存在多年，在貧民區幾可掌控一切。肖恩幾乎動員了全部的人，搜捕者不斷增多，藏身的地方越來越少。

林伊蘭想不通，肖恩是如何潛入戒備森嚴的皇室晚宴，但她清楚必須盡一切方法離開。暴露的身分會引來極其可怕的後果，她根本不敢想像！

儘管捉了幾個人探問，但地形太過複雜，又要時時避開眼線，逃離變得極其困難。林伊蘭躲入一間空房，避過了幾次搜查。天色已經全黑，從簾縫中，她窺見晃動的星點火把，禁不住苦笑。

她不想殺人，但這似乎已不可能，必須設法奪一把槍！

房門傳來微響，有人用刀挑開門栓，闖了進來。敵人出乎意料的靈敏，她的突襲落了空。

對方沒有攻擊，僅是防衛性地格擋，同時低聲示意：「伊蘭，是我！」

熟悉的聲音猶如幻覺，林伊蘭一僵，被他欺近，技巧地扣住了肩。

她忍無可忍，「放開！」

菲戈鬆開手，退了一步，「別怕，我沒有惡意。」見她毫無反應，他返身察看了一下動靜，鎖上門才又走近。

林伊蘭背抵牆壁，胸口急促起伏。

世界變得空前寂靜，許久才聽見他的話語響起：「對不起，那天我傷害了妳……」

死寂的心彷彿灌進了潮濕的風，變得晦暗而冰冷。

「爲什麼要道歉？我是軍方的人，你們的仇人，無論你對我做什麼，都理所當然。」林伊蘭奇怪自己竟還能與他對答，每個字都在她的心上戳出一個洞，汩汩地滲出血，「你救過我，對我有恩。錯的人是我，我主動向你投懷送抱，愚蠢而不知羞恥……」

「夠了！伊蘭，是我的錯，」菲戈打斷她，嘆息般懇求，「別說了！」

撇開視線，林伊蘭強迫自己冷靜下來，「你怎麼會知道我在這裡？」

菲戈停了一下，簡短地說明：「剛才發現了兩個被妳打昏的人，大致知道了妳的方位。這幢屋子是附近最好的藏匿點，不顯眼，又能觀察周邊，換成我也會選擇這裡，妳果然和我料想的一樣！」

靜默了一陣，她終於問出口：「那麼……你想怎麼樣？」

菲戈沒有說話，沉寂的空氣僵滯而難堪。

林伊蘭望了一眼窗外搜尋的火把，「你是來捉我的？怕我落在肖恩手裡，留下把柄，讓你受到威脅？」

「妳這樣想？」菲戈的語調忽然多了一絲輕諷，僵硬得陌生，「如果我說是呢？」

心口彷彿湧出了某種情緒，酸澀而痛楚。林伊蘭又笑了，像在自言自語：「那可真糟糕，我一直都贏不了你。」

假如來的是別人，她有辦法找到機會脫身，可他來了……她再也逃不掉了！她不該心存僥倖，這裡是叛亂組織的巢穴，他是最有理由搜捕的人，怎麼冷血都不足爲奇！

林伊蘭徹底絕望，忍住心頭撕扯般的痛，良久才能說話：「菲戈，幫幫我……」

「妳希望我怎麼做？」強健的雙臂撐在她肩側，像一個禁錮的牢籠，又像把她護在懷中，菲戈語氣略微柔軟。

「你不想親手殺我，對嗎？而我被審問又會給你帶來麻煩……」

林伊蘭微微吸了口氣，「看在我們……曾經……」她的話音哽住了，纖細的臂環上他的腰。

「所以呢？」

菲戈低頭看著她，黑暗中，呼吸拂在額上，一如昔日親密無間的相擁。

曾經炙熱的胸膛變得寒冷而陌生，林伊蘭抽出他的刀，退開幾步，握刀的指節泛白，鋒刃在暗處閃著銀光。

菲戈在原地看著她，幽暗的眸子深晦難測。

冷硬的刀柄帶來奇異的安定，讓她的心緒稍稍平靜，「別讓我太難看，如果必須用我去羞辱我父親，至少讓我穿著衣服……」反轉刀身，抵住了心口，林伊蘭憶起一張慈愛的面孔，聲音有了顫抖，「假如……假如可能的話，請燒了我，別讓人認出我是誰。」

她沒有勇氣等待回答，利刃瞬間穿透外衣，侵入心口的一剎那，忽然被他劈手奪去，一股極大的力道將她推到牆上，撞得她背脊生痛。

半晌，她聽見菲戈低啞的聲音，「這就是妳的請求？善待妳的屍體？」他盯著劃破的衣襟，迸出來的字句，帶著從未有過的火氣，扣在她臂上的手鐵一般堅硬，「我不會那麼做，我會把妳作爲最好的俘虜，向妳那可憎的父親交換合理的利益。我會藉妳來羞辱他，讓他顏面無存，再宣揚出去，讓全國都知道，公爵的女兒曾委身給叛亂分子，用聳人聽聞的醜聞，令薔薇世家榮譽盡失、顏面掃地，再也抬不起頭！」

「伊蘭，妳怎麼會傻到相信貧民區的叛亂者？」覺出她的掙扎，菲戈扣得更緊，幾乎捏碎她的骨頭，刻毒的話語，猶如徘徊在午夜的幽靈，「妳以為死能躲開污辱？一個死人仍能帶來極大的利用價值！這個世界各種可怕的事，遠超出妳的想像，對付冷血公爵的人，我甚至不必有最基本的愧疚！」

被強大的力量壓住，動彈不得，用盡方法仍掙不開，林伊蘭心灰意冷，溫熱的淚從頰上墜落，畫出一道瑩亮的水跡，「殺了我就算是最後一點仁慈，別逼我去承受那些羞辱，求你……」

微弱的幽光中，仰起的頸項白皙柔軟，隱在肌膚下的血管微微跳動，優美的弧度連著倔強脆弱的下頷，祈求一個俐落的終結。

菲戈凝視著那淚痕，彷彿沒有聽見她的話。

窗外仍有搜尋的叫喊，屋內卻是極度的寂靜。一隻手撫上她躍動的血脈，指下的肌膚溫軟細膩，一如印象中的美好。隨後是另一隻手，觸弄著她光滑的髮，淡淡的香氣從髮間盈出，誘出最溫存的回憶。

垂落的眼睫投下陰影，遮沒了濕潤的綠眸，嬌美的唇蒼白失色，帶著讓人憐愛的軟弱。菲戈極輕地落下一個吻，溫暖、柔和、藏著不可知的眷戀渴望，在冰涼的唇上輾轉，沒有得到絲毫回應，更因淚而帶上了苦澀，他卻更加沉迷。

過了許久，菲戈鬆開她。

「我不會殺妳，永遠不會，不論妳是誰的什麼人……」他留戀地輕撫被吻得鮮紅的唇，低啞的語音多了一絲溫柔，「別這樣絕望，我並不像妳想像的那樣糟糕。」

微愕的綠眸浮出意料之中的懷疑，菲戈從窗縫觀察了一下室外，輕捷地翻了出去，在窗沿對她伸出手，「跟我來。」

林伊蘭沒有動。

菲戈冷定而堅持地道：「我欠妳一個解釋，來吧！」

她猶豫了一刻，跟了上去。

喧嘩的酒吧人頭攢動，隨著夜深，愈加熱鬧。呼喊酒保的叫嚷此起彼伏，夾著調笑嬉鬧與鬥酒的聲浪，混成了夜間特有的情景。

醉醺醺的酒徒口沫橫飛地吹牛，做皮肉生意的妓女穿梭尋找恩客，一旦談妥價格，便在二樓某一個簡陋的房間內完成交易。這裡接納過無數尋歡的男女，放浪的遊戲，每日從不間斷。

這一夜，其中一扇黝黑的窗口，翻入了兩個不速之客。

拉上厚重的窗簾，菲戈點燃了桌上的油燈。火苗跳動片刻，穩定下來，照亮了這狹小的房間。

不大的空間內，床櫃俱全，還有一個極小的洗浴間，梳妝檯上散落著廉價的首飾，床上胡亂堆著被褥，幾條穿過的長裙搭在椅子上，顯然女主人不怎麼收拾。

空氣充斥著香粉的味道，菲戈皺了一下眉。

林伊蘭環視周圍，「這是什麼地方？」

「樓下是酒吧，」菲戈不願多說，「先避一避外面的眼線，人多的地方不會被懷疑，這個房間很安全。」

林伊蘭沒有再問。

拾起散落的衣裙塞入櫃中，菲戈把被褥抖了抖，鋪平，「妳先休息，黎明時，我帶妳出去。」

林伊蘭怔了一下，「你……你要放我走？」

「很意外？」菲戈凝視著她的臉，帶上了三分自嘲，「在妳看來，我一定是放縱自己假仇恨之名，做出各種卑劣無恥行徑的人！」

林伊蘭環住雙臂，疲倦而茫然，「我不知道。你已經厭倦了我，而且我姓林……我父親……我想你會恨我，所有人都會……」

「厭倦？」菲戈重複著這個詞，神情有點苦澀。

「你是故意讓我看見的，不是嗎？」林伊蘭倚著櫃子，把自己擁得更緊，「貧民區的動靜沒人比你更清楚，我一踏入你就知道，安排那種場面……其實沒有必要，你不想見到我可以直說，我一個字也不會問。」

「妳當然不會問，」菲戈輕嘲，「妳一向把分寸把握得很好，從不逾越。」

林伊蘭覺出淡諷，稍感詫異，「這不正是你的希望？」

「我覺得很奇怪，妳爲何選我？」菲戈並不否認，「妳該知道，我是最危險的遊戲對象。」

林伊蘭哽笑了一聲，半晌沒有回答。

「伊蘭，說說看，我是誰。」菲戈勾起她的下頷，不容迴避。

被迫望入深邃的眼眸，林伊蘭終於回答：「你是叛亂組織的首領。」

「爲什麼？」

「養傷時就能猜到一些，」他極具壓力的眼神，逼得她繼續說下去，「誰能在貧民區公然庇護軍人？誰能讓前任首領的兒子保持緘默？誰敢在休瓦基地劫掠軍火？誰能用一枚晶石讓我在貧民區來去自如，杜絕所有流浪漢的騷擾……」

深藏心底的話語一一道出，幽深的目光彷彿有種魔力，林伊蘭停不下來，「殺死出賣前任首領叛徒的人也是你，我翻過驗屍報告，凶手是個用刀的高手，傷口深淺正與你的刀吻合。肖恩在父親入獄後一心想營救，所以帶人去市政廳縱火，你爲了救他，不得不冒險去搶赤龍牙。你殺了叛徒，潛入宴會，殺死審判的法官，將他僞裝成溺水，瞞過了調查，可肖恩並不感激，他認爲該給貴族更強悍的反擊。他不足以動搖你，但身分特殊，是個不小的麻煩，對不對？」

「妳什麼也沒問，卻猜出了這麼多，比我所想的更聰明。」菲戈眼神複雜，深深地看著她，「有些事我也知道，想聽嗎？」

林伊蘭等著他說下去。

「當初妳中了迷藥，為了治療，我脫掉妳的軍服，看到妳的名牌。妳太過年輕，若非貴族出身，不可能升到少校；妳能輕易買下赤龍牙，可想而知家境如何；妳槍法和身手很強，就像天生的軍人，必然緣自長期嚴苛的訓練。」

他修長的指尖輕撫她細緻的臉頰，很快又收回，「妳的地位實力遠勝那個禽獸，可他卻敢對妳施用迷藥，足見妳在軍中非常低調。我一直在想，帝國哪個貴族兼具權勢財富，能培養出這樣的後裔？直到我記起妳的錢袋裡繡著一枚薔薇……」

「你猜出我姓林？」她榛綠的眼眸驚愕而不可置信。

「我曾以為妳是林家旁系，直到……」菲戈停住，不再說下去。

林伊蘭回憶著他們相處的細節，「你何時發現我父親是……」

「比肖恩稍早。」菲戈的語氣很淡，「我們對彼此而言都太危險，結束比較理智。」

林伊蘭說不出話，心口堵得難受，幾乎將唇咬出了血。

門忽然傳來叩響，氣氛一瞬間緊張起來。菲戈趨近探察，林伊蘭則躲入了櫃側的陰影裡。

打開一道門縫，菲戈極低地說了幾句，接過一個托盤，正要關上，門邊突然伸進一隻白嫩的腳踝，趁著他手上不便，一個人硬擠了進來。

水藻般的長髮光澤誘人，豔麗的眉目勾魂蕩魄，高聳的酥胸足以令男人停止呼吸，林伊蘭認得這個女人。

狹小的房間藏不住人，女人眼波一掠，妖嬈一笑，「我知道妳在，出來吧！」

菲戈不願驚動隔壁，鎖上了門，壓抑著怒氣低斥：「喬芙！」

喬芙毫不在意地撥了撥長髮，「急什麼？我只好奇，想看看她，這也不行？」

林伊蘭忽然明白，從暗影中走出，「這是妳的房間？」

喬芙身上帶著酒吧特有的脂粉與煙酒混雜的氣息，緋紅的雙頰美豔絕倫，極有興趣地打量著林伊蘭，「沒錯，不過今天晚上我可以借給妳。這床褥可是上等貨，我花了大錢買的。」

菲戈拉住喬芙的手臂，將她拖出幾步，她在門邊掙扎著威脅道：「菲戈，我要尖叫了！底下有好多人在找她，你想讓所有人知道？」

菲戈手一鬆，語氣沉了下來，「妳想怎樣？」

喬芙有恃無恐，姿態輕佻而直接，「聽說妳是公爵小姐？」

林伊蘭沒有閃避對方的目光，「像嗎？」

「不怎麼像，大多數人都不信，公爵小姐怎麼可能混跡貧民區？他們找妳多半是爲了肖恩的懸賞，雖然那小子很討厭，但槍是好東西。」喬芙不屑地撇了下嘴，諷笑中多了一絲研判的意味，「但現在我又懷疑了，妳看起來有點特別。」

林伊蘭沒說話，喬芙退後半步盯著她。

「如果妳眞的是……」妖媚的笑容消失了，敵視和怨憎讓她嬌豔的臉龐變得陰森可怕，紅唇宛如詛咒般輕語，「如果妳眞的是那個魔鬼的女兒，我會很樂意把妳交出去，讓男人們享受之後，套上鐵鞋，在受盡鞭笞的身體塗滿瀝青，掛上吊牌，捆在馬背上遊街，最後拖到軍營門口，讓基地的士兵集體參觀，那將是多麼美妙的一幕。他殺了那麼多人……我願意把靈魂賣給惡魔，以交換他下地獄。告訴我，折磨妳能讓他痛苦嗎？」

「喬芙！」菲戈隔開兩人，眼神比冰更冷。

看著他將林伊蘭擋在身後，喬芙忽然又笑了，怨毒化成了醉人的嬌慵，神態懶散下來，「當然，妳不可能是，否則菲戈不會這樣護著妳。」不等她回答，喬芙轉向菲戈，「你喜歡她矜持冷淡的樣子，還是她像男人一樣的衣著？下次我也試試。」

林伊蘭笑了，平靜得近乎悲哀，「妳很漂亮。」

喬芙坦然接受，顯然早已習慣，「每個男人都這麼說，我是休瓦最美的妓女。」

眼前的麗人像塵土中開出的鮮花，放縱冶豔，散發著強烈的芬芳，林伊蘭淡道：「做妳的情人很幸運。」

「謝謝，我也這麼認爲。」媚意橫生的眼波有意無意瞟過菲戈。

林伊蘭不再開口，游離的目光掠過窗台，手腕忽然被扣住，抬起眼，正對上一雙深邃的眸子。

「說完了？出去！」菲戈頭也不回地命令，「別再挑戰我的耐心，否則我會用自己的方式讓妳閉嘴。」

「菲戈，我希望你清楚自己在做什麼。」掃過緊扣的手，喬芙收起輕漫，乾脆地表明了不贊同，「現在改變主意還來得及，你想過後果嗎？」

沉默在室中蔓延，林伊蘭吸了一口氣，胸口梗得生痛。她目光再一次掠過窗櫺，手腕驀然一痛，被他扣得更緊。

「喬芙，也許該作選擇的人是妳。」深不可測的眼眸一無波瀾，菲戈沉聲道，「不管妳選擇什麼，我都不怪妳。」

對峙半晌，喬芙放棄地移開眼，懊喪地嘆了口氣，「今晚我讓女人們盡量灌醉他們，能走的時候我再來敲門。」

時間已近午夜，樓下的喧聲依然響亮，菲戈鎖上門，室內恢復了平靜。

「我知道這房間……讓妳不愉快，但迫於形勢必須如此，得等到搜尋鬆懈的時候。」菲戈依然扣著她，僵硬地解釋，「不必擔心喬芙，她答應的事一定會做到。」

林伊蘭只笑了笑，「謝謝，我明白。」

她找不到一條安全的路離開這迷宮般的領域，只能卑微無助地、無法可想地仰仗他的憐憫，躲在他身後，爲他可能的猶豫提心吊膽。她還該感激他的庇護，他爲她背叛了同伴，甚至對新情人冷言相向……

發抖的指尖掐住了掌心，她掙了一下腕。

菲戈盯著她的臉，停了一刻，鬆開手，「桌上有吃的。」

矮桌上放了一個托盤，是他從喬芙手中接過來的東西，盤中盛著冷肉和麵包，另有一小罐牛奶。

「我不餓。」胃一直在痛，林伊蘭卻毫無食慾。

菲戈堅持，「妳一天沒吃東西了！」

她想了想，洗手後，在桌邊坐下，撕下小塊麵包浸在牛奶中，強迫自己吞了下去。

「妳不舒服？」

她忍住不適，「還好，只是沒有胃口。」

菲戈蹙起眉，直到她停止進食才又道：「妳可以睡一會兒，時間到了我會叫妳。」

林伊蘭瞥了一下床，「謝謝，我不睏。」

「妳需要休息。」

林伊蘭搖搖頭。胃似乎疼得更厲害了，她微微蜷起身體。

感覺到他的接近，她再度坐直。

或許是心理作用，菲戈臉色異常難看，「去床上休息。」

「不用，我這樣很好。」

菲戈不再多說，一把拉起她，往床邊一帶，直接把她摔進了被褥裡。

10 陷落

林伊蘭想站起來，卻被他按住肩膀，硬壓下去。

他低沉的聲音，帶著瀕臨暴發的怒氣，「妳怕什麼？怕我無禮？我還不需要強迫一個不情願的女人。」

「不是……」林伊蘭被壓得透不過氣，想到他和喬芙可能在這床上翻滾，她就抑不住強烈的厭惡，「髒……」

菲戈怔了一下，怒意更盛，「貧民區沒有不髒的地方！」

林伊蘭被束縛在被褥中，動彈不得，胃痛讓她冷汗一絲絲滲出，唯有閉上眼忍耐。

靜默良久，一隻手替她拭去額上的汗，菲戈忽然開口：「喬芙不是我的情人，她只是可靠的同伴。對不起，我必須讓妳躲在這，沒有別處比這裡更安全又利於出入。我本不想讓妳遇上今天的麻煩，我以爲妳不可能再踏入貧民區，沒想到肖恩會……他發現妳的身分後很興奮，妳是最好的棋子，無論對付令尊或我，都是最好的……

肖恩讓人時刻在基地門口監視，並用令尊的名字煽動仇恨，祕密聚集了一批人幫忙，我知道的時候已經太晚了。儘管我是首領，但無法控制所有事，比如肖恩，比如人們對令尊的恨……以後記得離這裡遠一點，他們不是壞人，只是太過憎惡，才將敵意加在妳身上。」

菲戈聲音很低，輕得像耳語。望著床畔的身影，林伊蘭忘記了疼痛。

「我本來不想當這個首領，休瓦太重要，基地又太強了。帝國把令尊放在這，無論我們有多少人都不可能贏得了。可有些人不這麼看，認爲更激烈的反抗或許能像拉法城一樣獲得自治，很天眞，是不是？」

拉法城是西爾國的一個特例，數十年的反抗耗費了帝國大量軍力和財富，最終迫不得已給予自治，形成一塊自成一體的土地，開創了史無前例的先河。許多城市嚮往成爲第二個拉法，休瓦人的願望不足爲奇，但很少有人想過，毫無資源的拉法，與休瓦是否在本質上有所不同？

林伊蘭忍不住開口：「你說得很對。既然你明白反抗是無意義的，爲什麼……」

他很清楚她想問什麼，「肖恩的父親是我的老朋友，他死前的請託，我無法拒絕。他說如果由我來控制，或許犧牲的人能少一點。」

林伊蘭由衷地感嘆：「你做得很好！殺掉叛徒，從基地成功盜走武器，又潛入軍方全力警戒的皇家晚宴，讓法官死得毫無破綻……做了這麼多，卻沒有付出任何代價，簡直是奇蹟！」

「我並不想激怒貴族，他們的憤怒只會讓民眾流血。」

「你很理智。」

「因爲令尊所統率的軍隊是極可怕的對手！」殘忍有時也是一種威懾。

「你……不恨我？」

「對我來說，妳只是伊蘭。」菲戈輕摩她細腕上被他捏出的青紫印痕，話語停頓了一下，「我抱妳是因爲……我喜歡妳的身體，不是因爲妳出身貴族，或是公爵的女兒。不管妳信不信，我還不至於自卑到從女人身上滿足征服感！」

他的話並不動聽，但奇怪的是，她竟稍稍好過了一點。

菲戈又沉默了一陣，才道：「最後給妳一個忠告，別嫁給那個男人，妳不會幸福。」

突然的轉換讓林伊蘭一片茫然。

菲戈抿了抿唇，下頷的輪廓有點僵，「我見過妳和他在一起，市政廳外的台階，他扶著妳從馬車上走下來。妳看他的時候非常疏離，即使妳在笑……伊蘭，妳應該設法讓自己快樂一點，不是淡漠而絕望。」

林伊蘭醒悟過來，勉強笑了一下。

菲戈的眼中埋藏著無數情緒，「去求令尊給妳換一個丈夫，離開軍隊，過貴族小姐該有的生活，別把自己壓抑得太狠。」

林伊蘭知道自己該感到安慰，他洞悉她的身分，卻沒有用卑鄙的手段設計、沒有用言辭羞辱打擊，更沒有利用她去報復父親。她清楚這已經十分幸運，可酸澀的感覺越來越重，無論如何也忍不住淚，她只能摀住雙眼。

耳畔似乎聽見了嘆息，一雙臂膀環擁住她，不再有話語，只是靜靜地陪伴。

過了許久，她終於平靜下來。他擰了條浸濕的毛巾遞來，她將冰冷的濕巾按在紅腫的雙眼，半晌才拿開，輕淺的笑容苦澀而傷感。

「菲戈。」

「我在。」昏黃的燈光下，他的神色格外溫柔。

「你願意聽聽……我的事情嗎？

關於林家，你一定聽說過很多傳聞，未必淨是真實，但有一點沒錯──林家是一個只承認強者的家族，族長的風格歷來強勢無情。我父親也是如此，他長年征戰，極少留在帝都，七歲以前我幾乎不曾見過他。而母親……」

輕柔的聲音慢下來，林伊蘭陷入了遙遠的回憶。

「我的母親出身帝國名門，是一個真正的淑女。她喜愛文學、美食、藝術、繪畫、園藝等一切令生活美好的事物，生性樂觀，待人和善。她教我禮儀詩歌，親手種花剪草，讓日子豐富而精彩。只是她時常生病，多數時候躺在床上，但即使這樣也很快樂。我常在她床前，披著被單扮演歌劇裡的角色，戴上珠寶和假髮，裝成公主或女傭，她總會放聲大笑……或許是她太過美好，在我六歲的時候，神帶走了她。」

菲戈把她擁在懷中，靜靜地聽。

「我很傷心，幸好還有瑪亞嬤嬤的陪伴。過了一年，父親回來了，」明亮的榛綠色眼睛黯了，語氣變得很淡，「我不太懂該怎樣接近他，他對我也很不滿意，母親喜愛的一切，他視爲毫無必要。父親換了管家，辭退好幾位家庭教師，其中包括我的繪畫教師。

她是個親切和藹的女人，善解人意，又擅長啓發式的教導，陪我度過了母親去世後最難受的一段日子。我不想讓她離開，去向父親懇求，但沒有用。聽到被解雇的時候，她哭了，侍女們說她家境很差，孩子又生了病，全靠教師的薪金支撐。我很難過自己幫不上忙，臨別時私下送給她一枚胸針，希望能讓她好過一點。

胸針是母親給我的，說等我再大一點可以戴，上面用寶石和絲絨鑲成一朵薔薇，點綴了小粒珍珠，非常精緻。侍女發現它不見了，告訴了管家，管家又稟告了父親，父親叫我過去詢問，我怕他派人取回來，撒謊說丟掉了。那段時間我心情很糟，新的家庭教師教的全是我不喜歡的課業，軍事、擊技、權謀、戰爭史……所有的我都討厭，冒失地問父親能否不學，父親沒說什麼，讓我離開了。」

回憶暫時停頓，林伊蘭盡力讓聲音穩一點，半晌才又說下去。

「父親曾說，做錯事的孩子會受到懲罰，但我當時太幼稚，不懂它會可怕到什麼程度。過了一陣子，父親帶我出門，進了一幢華邸，二樓的陽台改成了豪華包廂，正對廣場的方向，擺著兩張高背扶手椅。」

環繞她的臂膀忽然僵硬，菲戈唇角緊繃，線條凌厲而冰冷，她抬起眼看他。

「你猜對了，那是貴族觀看火刑的專用包廂，在廣場上受刑的人，正是我的繪畫教師，處死的罪名是盜竊貴族財物。」林伊蘭臉色慘白，似乎又看見了可怖的一幕，「我哀求父親救救她，坦白胸針是我送的，我願意接受任何懲罰。可父親置之不理，他說我曾回答弄丟了，所以該受懲罰的是竊賊……我看著她被捆在鐵柱上，哭泣著乞求，分辯珠寶是來自公爵小姐的贈予。圍觀的人都嘲笑她，往火堆上丟乾柴，她痛苦的尖叫只引來哄笑，直到被徹底燒成了灰燼……」

或許是她顫抖得太厲害，菲戈把她抱得很緊，緊到肩臂生痛，這似乎讓她略微安定，良久後再度開口：

「那天之後，我發起高燒，昏迷了很長時間，醒來的時候，瑪亞嬤嬤哭得很傷心，說如果我死掉，她也會跟著死去。瑪亞嬤嬤是母親的奶娘，照顧她也照顧我，像我另一個母親。在我高燒的時候，她把所有積蓄捐給了神殿，乞求讓我能好起來……

後來，我照著父親的安排，學習各種課程，又被送進帝國皇家軍事學院，一畢業加入軍隊，升至少校後表現平平。在我擅自轉爲文職後，父親把我調至休瓦，命我做一個低級士兵，藉貶損和羞辱迫使我改變，最終發現我無法實現他的期望，另選了新的繼承人……」

敘述到尾聲，她的語氣只剩下淡嘲，「除了姓林，我一無所有，還是個壞掉的傀儡，你覺得怎樣？」

菲戈過了很久才回答：「妳的生活眞是糟糕透頂！」

林伊蘭笑了，抑住了酸澀的淚，「說的對，而我對此無能爲力。」

樓下的吵嚷聲小了一些，室內一片沉寂，他們很長時間都沒說話。

菲戈仍把她擁在懷裡，下頷挨著她的側臉，暖暖的呼吸拂過耳邊。

「胃還在疼？」

「你知道？」林伊蘭有些詫異，語畢一笑，「好像什麼也瞞不過你！」

菲戈的手滑入被子，隔著襯衣，放在她的胃部溫熱，「什麼時候開始有這個毛病？」

林伊蘭避過了問題，「謝謝，其實不用，我已經好多了。」

菲戈沉默不語，又把她擁緊了一點。

「放我走，你會不會受影響？」林伊蘭想起另一個問題，「肖恩或許藉此攻擊你！」

菲戈無所謂地一笑，神色很冷，「他無法證明任何事。」

修長的手覆在胃部，帶來持續的熱意，讓不適緩解了許多，林伊蘭把自己的手也覆上去，倚著他堅實的胸膛，有種被保護的錯覺，靜謐的氣氛十分溫柔。

「伊蘭。」

「嗯？」

「在我之前，妳有過男伴嗎？」

「沒有。」

「妳應該有許多追求者。」

「確實。」林伊蘭淺淺一笑，「有些過於熱情，偶爾會覺得很討厭。」

「為什麼不接受？」

林伊蘭猶豫了一下，還是說了出來：「在學院的時候，曾經有一個男孩……」

「愛慕妳？」

她輕輕「嗯」了一聲，又過了半晌才道：「他很優秀，比我大兩個學年，我當時……大概有點喜歡他。」

「後來？」

「他太執著了，連放假的時候也到家裡拜訪，不管我怎麼拒絕。管家把這件事報告給父親。」林伊蘭平淡地回憶，「假期結束後，我再沒見過他，聽說他父親被調往邊境，剛到任就在一次清剿行動中陣亡，家族因此敗落下去，他被迫中斷了學業。」

「令尊做的？」

林伊蘭想了一刻，多年後仍是迷惘，「也許是，也許不是，我只能肯定，父親不認為他是合適的對象。」

她想撐坐起來，被他反扣住手，「所以妳拒絕所有追求者？」

「反正有人會替我選擇。」林伊蘭仰望著他，凝視著他深刻的輪廓，「你猜的沒錯，我和你在一起，有一部分是因為你不在我父親掌控之中，他應該無法觸及你。」

「即使這種危險的作法可能傷害妳自己？」

「我沒想到身分會洩露。」

「以後別再幹這種傻事！」菲戈眼神晦暗難辨，彷彿壓抑著某種情感，「妳是他的女兒，無論何時都不能心軟，稍有猶豫，就會被人毫不憐憫地撕碎。這是個極其殘忍的世界，善良會成爲妳的致命弱點！」

他想叮囑更多，她只淡淡地笑，纖細的手臂環上他的頸，隨後送上甜美的唇。

她的技巧來自他的教導，存心的挑逗很快引來激烈的回吻。美妙的滋味誘人沉淪，柔膩的肌膚喚起了渴望，他的呼吸漸漸粗重起來。

「伊蘭，」菲戈克制住情慾，困難地開口，「妳想……」

「我們不會再見了，對嗎？我希望最後的回憶是你抱著我，而不是……」模糊的話語並沒有說完，她輕輕啃咬著他稜角分明的唇。

「這地方不適合妳，太髒了！」菲戈強忍住把她壓在身下的衝動，制住了她的手，「妳知道的，這是喬芙接客的地方。」

林伊蘭笑了，綠眸裡多了一絲水光，「這個世界沒有不髒的地方，沒關係。」

黑色的外衣墊在床上，襯得她赤裸的胴體更白。火熱的肌膚帶著汗意，糾纏如兩棵交互生長的樹。

她微微仰起頭，神智被過度的刺激弄得恍惚，朦朧中唯有感官的快樂是眞實，帶來些微的存在感。

他將她抱在身上，以最深的姿勢進入，比曾經的每一次更激烈。凶猛的衝擊讓靈魂都禁不住顫縮，她的指尖緊緊掐入他的背，劇烈地痙攣起來。

他悶哼一聲，想退出去，卻被她無意間抱緊，再也離不開，與她同時攀上了高峰……

黎明前，她被他從無夢的深眠中叫醒。溫熱的觸感還留在肌膚上，他已經帶她潛入了寂靜的暗巷。

天上沒有一顆星辰，漆黑得看不見路，他握著她的手繞過夜哨和陷阱，避過巡遊的視線，走出了危險的領域。

地面上瀰漫著薄霧，菲戈在巷口駐足。路邊的醉漢蜷縮如死，萬物靜謐無聲。

菲戈低頭看著她，「我身邊沒帶草藥，妳有可能懷孕，假如真的發生，到城西區的街上找薩，他會把消息傳給我，我來想辦法解決。」

美麗的臉略微蒼白了一下，「你做的事很危險，謹慎一些，我不希望……」

「但願妳不會在火刑柱上看見我。」菲戈自嘲一笑，淡淡的驕傲與傷感，在瞥見她的表情後收住，「抱歉，我不該這樣說。」

靜立片刻，菲戈吻了一下她光潔的額，「謝謝妳的提醒，祝妳好運。」

他屈起食指，吹了個低低的口哨，暗處忽然拋出一件物品，被他一手接住，遞到她身前，「妳的提箱，東西很完整。」

林伊蘭驚訝地望去，潘冒出來，騎在牆上對她咧嘴一笑。

沉默之後，他們最終朝著不同的方向離去，林伊蘭踏入大街，菲戈走回陰暗的窄巷深處，潘跳下牆頭，攪動的霧氣漸漸凝定。

一個蜷在嘔吐物旁的醉漢不知何時清醒，死死盯住了消失的身影，麻木的表情轉爲驚愕，髒污的臉浮出一片狂喜。

軍政處的門半敞，桌子後的軍官雙腳擱在桌上看報紙，無聊地瀏覽帝都近期八卦。

「長官，那個戴納又來找麻煩了。」

勤務兵的報告打斷了他的閒暇，報紙後的軍官眼皮子都沒撩一下，「讓衛兵去處理。」

「他在門口鬧了很久，甚至驚動了他過去的上級，那邊間接暗示，希望我們能慎重對待。」

軍官低咒了一句，折起報紙，甩在一邊，對屢次爲其他部門善後極其不滿，「那個混球的上司既然這麼照顧，爲什麼不乾脆自己搞定？」

「大概是怕戴納借錢，那傢伙債台高築，名聲差得要命！」

「所以才甩給我們頭疼？」軍官站起來，拎上軍帽，「好吧！讓我們去看看那狗娘養的又要要求什麼了。」

在石階上磕了磕皮靴，軍官輕鄙地斜睨道：「密報？就憑你能搞到什麼情報？」

盡力修整後仍掩不住滿身潦倒，戴納擠出笑臉。

「長官，雖然離開行伍，我仍效忠於軍隊，意外得到基地內奸與叛亂組織勾結的情報，特地前來報告。」

「你對帝國忠心可嘉，不過不必費勁了，回去休息吧！」軍官撣去袖襟上的灰，漫不經心地敷衍。

「長官，」戴納情急，想上前卻被衛兵攔下，忍著氣分辯：「真的是重要情報，事關上次基地失竊，我已經探出誰是內奸！」

「哦？」軍官提起一分興趣，「說說看，那傢伙是誰？」

「步兵連的林伊蘭，我親眼看見她與叛亂者私會密謀。」戴納咬牙道出。

「林伊蘭？這名字有點耳熟。」軍官在記憶中搜尋了一番，恍然大悟，「那個打斷你三根肋骨的女人？戴納，我得說你的招數一點也不新鮮。」

「長官，我的話句句屬實，我親眼看見她和劫走武器的叛亂者在暗巷接觸，那男人曾經和我打過架。在他入侵基地的時候我就該認出，可惜一時沒想起來，幸好神靈讓我撞見這兩個人在一起。雖然沒聽清楚他們在說什麼，但只要軍法處詳查，一定能找出線索，掀開叛亂組織的巢穴！」

軍官的耐心所剩無已，不打算再聽下去，「情報我聽到了，如若屬實會考慮獎勵，你可以回去了。」

戴納還想再說，在對方厭煩的表情下知趣地打住，遞上了一封信，「這有一份詳細報告，請長官轉給我以前的上級，務必相信它的重要性。」

回到辦公桌前，軍官重新翻開了報紙，完全沒把剛才的插曲放在心上。

勤務兵扯出信紙，三兩下看完，「長官，這會不會是真的？」

「誰會相信那個白癡？」軍官冷笑了一聲，「無非是被趕出軍營不甘心，想出這個蠢點子報復，上次基地失竊，那女人是重點調查對象，有問題還用得著他來提示？」

「那這份報告……」

從報紙後抬起頭，軍官考慮了半秒，「交給戴納的上司，正好堵他的嘴，以免那邊指責我們草率敷衍。」

轟鬧的酒吧木門霍然敞開，醉熏熏的男人被踢出來，踉蹌地撞倒了幾個路人。

他不服氣地揮拳，對酒吧內叫喊：「我很快會重返軍隊，帶人把這兒砸個稀爛，你們等著吧！」

「滾開！臭哄哄的窮佬，被軍隊趕出來還想裝？呸！」粗橫的酒保吐了一口唾沫，「誰不知道你被女人打得跪地求饒，居然還有臉誇口，我要是你，早就羞愧得上吊了！」

酒吧裡傳出了一陣哄笑。

戴納仍在咒罵：「她不會有好下場的，我會親自送那個該死的賤人下地獄！」

「用什麼送？用你的小傢伙？聽說它已經不行了。」酒保的嘲弄愈加惡毒，「可憐的傢夥，把酒錢省下來買棺材吧！我看你遲早需要這個。」

「要死的人是林伊蘭，她找叛亂者做姘頭，活該上軍事法庭，我會讓她在我腳下號哭乞憐地懺悔，然後我獲得將軍的嘉獎，甚至成爲上尉……」

喋喋不休的咒罵引起了一個男人的注意，觀察片刻，他上前拍拍戴納的肩。

「別和那個混帳計較，我請你喝一杯。」

戴納回頭，半晌才看清眼前的人。制式軍服帶來同伴般的親切感，大方的程度更令人喜出望外，「謝謝！你眞是個好傢伙，這才是朋友……」

男人挾起戴納，換了家酒館坐下，慷慨地叫了一杯又一杯，戴納喝得心滿意足，滔滔不絕地說下去，從哪個女兵床上最野，到上司的小金庫數額，滿口毫無遮攔地傾倒出來。

男人一邊倒酒，一邊傾聽，不時搭幾句話，讓他說得更多，「這麼說，你把事情報告給軍政處了？那邊辦事拖得要命，沒收到賄賂，根本不會向上呈報，你就沒想點別的辦法？」

「我當然沒蠢到指望那幫混帳！」戴納打了個酒嗝，「我寫了封信給以前的上司，他討厭鍾斯那混球，不可能放過這個整他的機會，誰讓那老狗硬罩著她，得罪了一大票人。如果鍾斯稍有腦子，把那女人送給幾個上司玩玩，也不至於混了這麼多年還無法升遷！」

「他會相信報告的內容？你還記得那男人的長相？」

「當然會信，我以前是他最得力的下屬，不知幫他做了多少髒事。」戴納自我吹噓了一通之後才道，「那個男人化成灰我也認得，當初要不是他橫插一腳，我早就享用上那個賤人了！她太難上手，我好不容易才……」

戴納口沫橫飛地把過程說了一遍，言語充滿了對美人到手又錯失的遺憾。

聽著滿溢不甘的牢騷，男人的神情有點怪，喚過酒保結了帳，挾起戴納的肩膀走了出去。僻靜的酒吧後巷，夜風一吹，爛醉的人稍稍清醒了一些。

「對了，夥伴，你是哪個連隊的？」戴納終於想起看對方的肩章，朦朧的醉眼卻怎麼也辨不清，「你……」

喀啦一聲脆響，終結了口齒不清的問話。沉重的身體倒在地上，戴納的脖子扭成一個奇怪的角度，臉上還殘留著醉意，放大的瞳孔裡，映入了一雙軍靴。

林伊蘭接到了一封意外的來信。

信不長，另附有一個精緻的絲絨袋，出自娜塔莉之手，奔放的字跡，恰似書寫者如火的個性——

親愛的伊蘭：

我為上一次的無禮向妳致歉，請原諒妳的朋友不可理喻的言辭，原諒她不友善的姿態，原諒她不加檢點的行為，原諒她受妳善意告誡卻極度失常的反應，她是個把生活和處境都弄成一團糟的傻瓜！

伊蘭，我親愛的朋友，妳的忠告是對的。

我的意氣行事把自己變成了一個輕浮放蕩的女人，我挑逗嘲諷每一個男人，他們也僅當我是發洩慾望的對象，這愚蠢的行徑除了肉體歡愉之外一無所有，我曾經的名譽已蕩然無存。還記得我在學院時曾譏諷過我父親的情婦？那個低俗放縱、不加節制、享樂揮霍的女人，我已經與她毫無區別。

如果還在學院，在我還愛著凱希的時候，神讓我看如今的模樣，我一定會痛苦萬分，苦苦乞求神靈讓我逃離這可悲的未來，而不是放任自己墮落到無可救藥的境地。

是的，我墮落了。我向父親低頭，向命運俯首，聽憑他把我賣給漢諾，成就了一場可恥的交易。我蔑視我的丈夫，認為全無保持忠貞的義務，漢諾用金錢和權勢踐踏了神聖的婚姻，而我是用憤怒。

憤怒蒙敝了我的理智，讓我放棄了原則自律，用最糟糕的方式報復使我陷入這一境地，毀了自己最後一點尊嚴。妳是唯一點破的人，讓我看清自己的荒唐可笑，因此承接了我最無理的惱怒，事後想起，使我深感恥辱，請原諒妳可憐的朋友。

謝謝妳的提醒，到該糾正的時候了，我將試著選擇一種可行的方式擺脫目前的生活，結束這一困境。或許早該這樣做，假如當年有同等的勇氣，我不會失去凱希。

伊蘭，軟弱導致我如此悲慘，甚至不敢在鏡子前正視自己。而妳，我親愛的朋友，妳比我冷靜睿智，為什麼要放任自己走入被支配的未來？別這樣馴服，別像我一樣輸了，妳一定可以做些什麼，避免令尊糟糕的安排。

親愛的伊蘭，但願我們有一天能贏得自由，為此我向命運女神虔誠祈禱，請祝我好運。

妳永遠的朋友娜塔莉

PS. 請將絲袋轉交凱希，告訴他，他是我此生唯一所繫。

我愛他，最初，最後。

絲袋內是一條長項鏈，掛墜是一枚精緻的橢圓型相框，相片裡，十七歲的娜塔莉側身微笑，青春逼人。

久久凝望著那張相片，細品信中的字句，林伊蘭忽然感到一絲不安。

面對無從解脫的困局，娜塔莉究竟想做什麼？

11 神之光

研究中心依舊燈光明亮，秩序井然。凱希似乎很高興林伊蘭的探訪，神采飛揚地說個不停。

凱希斯文清俊，在學院時已經有一種溫文恬淡的氣質，但他身爲沒落貴族後裔，儘管仍有名譽上的尊榮，卻毫無權勢可言。年金收入微不足道，貴族身分又限制了從商的可能，處境相當尷尬，並不比平民優越多少，娜塔莉的父親絕不會把女兒嫁入這樣的家族。

「凱希，先前我在學院遇見了娜塔莉，她……」林伊蘭試探地停了一下。

凱希霍然沉寂下來，輕鬆的神色消失了，半晌才出聲：「她好嗎？」不等她回答，他又迅速道：「不，我知道她一定過得很好，她的丈夫一定家世顯赫，非常疼愛她。我知道她父親會替她選擇最出色的人，一個配得上她的美麗與身分的男人，不像我……」

落寞的凱希令林伊蘭不忍，更無法說出娜塔莉的近況，項鏈在衣袋中沉重無比。

消沉片刻，凱希又勉強振作起來，「假如她幸福，忘了我也沒關係。或許她父親說的對，我這樣的窮小子，根本不該奢想！」他聳肩自嘲，「其實在這裡也不錯，至少豐厚的薪金能讓我妹妹嫁入一個理想的家族，與她心愛的人結爲伴侶，我已經很滿足。」

凱希輕描淡寫，林伊蘭心底卻忍不住嘆息。

進入帝國研究院後的凱希薪資優渥，卻受軍方禁令，無法自由行動。他無權無勢，難以調動，或許再難見到眷戀的家人。

「你父母很爲你驕傲。」林伊蘭清楚那對年邁的夫婦是多麼想念久別的愛子，僅聽到軍隊二字便對她格外關切。

「只要他們過得好，一切都値得。」凱希浮起笑容，看起來好過了一些，「我現在參與的研究很複雜，也很吸引我，大量的試驗讓我覺得時間完全不夠用，妳無法想像它有多奇妙，一旦成功……」

凱希深深地吸了口氣，林伊蘭正要答話，卻被一聲厲喝打斷——

「凱希！」頭髮花白的老者站在數步外，長眉一皺，十分嚴厲，「這裡不許中心外的低級士兵出入，你應該背過紀律守則！」

凱希快步走近，解釋了幾句，而後替雙方引見，「這位是休瓦研究中心的柏格準將閣下，這位是林伊蘭少校。」

「原來是林公爵的……」柏格望了她一眼，冷肅的神色漸緩，「林少校。」

林伊蘭敬了一個禮，「能在此見到聞名已久的準將，是我的榮幸。」

必恭必敬的客套，顯出十足的尊重，柏格倨傲地點了點頭。

林伊蘭又開口：「我與凱希是校友，此次偶然探訪，一時疏忽，忘了規定，還請閣下寬諒。」

對方身分特殊，姿態又給足了面子，柏格十分受用，頓時和藹起來，「既然如此，凱希與林少校便多談談，以便對研究中心的重要性有更深的瞭解。」柏格打量著她英姿挺拔的倩影，甚至微笑了一下，「凱希，不妨帶林少校去C區作例行參觀。」

目送柏格的背影離開，凱希擦了擦汗，「沒想到柏格準將這時候居然在，他是出了名的難纏，還好……」

「他是誰？」

凱希愕然，「妳沒聽過？剛才不是還說聞名已久？」

林伊蘭壓低聲音道：「外交辭令，不然怎麼混得過去？」

凱希禁不住失笑，「柏格準將是帝國最有名的科學家，成就非凡，脾氣與名聲一樣大，主管C區，是我的直屬上司。他最挑剔，妳的衣服又太惹眼，所以才……」

「抱歉，我沒想到這一層。」林伊蘭自知是這一身低級軍服惹來的麻煩。

凱希驚嚇之餘不無慶幸，「難得他居然主動許可讓妳參觀C區，妳運氣眞不錯！」

「C區？」林伊蘭滿腹心事，並無參觀的打算，卻不願拂了凱希的興致。

「C區是研究中心最機密的領域，我在那裡工作。」凱希見她一無所知，索性從頭說起，「妳知道傳說中的史前文明嗎？」

林伊蘭在書上讀過大略。

古早傳說中，數千年前的人類曾達到過輝煌的頂點，造出了瞬息千里的鐵鳥、潛入深海的巨艇，巍峨的建築凌駕於浮雲之上，不懼雷霆雨霧，還有忘卻饑餓的泉水，祛除百病的靈藥，甚至能讓人青春不老、長生不死，幾乎掌握了神靈的力量。

科學家與藝術家創造出最美妙的成就，無數難以想像的奇蹟化爲現實，那是光芒萬丈的黃金時代，無可比擬的盛景被後世一再追慕。

可惜，人類的驕傲觸怒了神，降下了懲罰的烈焰。大地劇震，山巒崩塌，清澈的河水化成了岩漿，濃煙遮蔽了天空，在絕望的號哭中，末日來臨，翻天覆地的巨變毀滅了一切，曾經興盛的文明化作灰燼，淪爲詩歌殘破的囈語。

林伊蘭不解其意，問道：「那些不是神話嗎？」

「原本我也以爲是神話，直至來到休瓦。」凱希臉龐多了一抹學者的凝重，「六十年前，休瓦的礦脈深處發現了一些古代採掘遺跡，原來幾千年前已經有人採集能源晶礦，他們的科技不知比我們高明多少倍，只需一塊高頻能量晶石，即可提供整座城市使用的能源。」

一塊晶石？林伊蘭驚異而無法置信。

通常一枚拳頭大的晶石，僅能供一個家庭一月所需，短暫的時效令晶石損耗極快，卻又因便利而無法捨棄，嚴重的依賴令晶礦開採壓力越來越大，已成爲難以突破的瓶頸，因此，此刻在凱希口中聽到另一種可能，她才會如此動容。

凱希的語氣神祕而驕傲，「在遺跡內同時發現了一份殘缺的手抄卷，記錄了許多繁複的方程式，以現有的科技僅能瞭解片段，破解它是許多人一生的夢想，休瓦研究中心就是爲此而存在。」

林伊蘭恍然明白帝國對基地重視的緣由，長期的疑惑，隱約現出輪廓。

他引領她走入另一條通道，逐漸延伸至地下，「休瓦研究中心分爲兩個區域，分別研究手抄卷的上下兩卷。A區是妳曾經參觀的晶石能源利用，開放程度較高；C區被列爲絕密，至今見過的人寥寥無幾，它所進行的是聞所未聞的全新方向——生物能量研究。」

聞所未聞的機密令林伊蘭一時無從想像，「你是指什麼？」

「實現永生的渴望，脫離命運的掌控，令死亡之神退避的神靈之術。」凱希輕笑著唸出史前神話中的字句，推開了C區的大門。

誰也不會想到，在休瓦基地正下方，有一個驚人的龐大空間。比起地面上的A區，C區更嚴苛，也更安靜，偌大的區域毫無灰塵，淡藍色的牆光滑平整，一排晶石燈嵌在壁上，不分白天黑夜地照明。靜謐、安定、嚴謹，空間內一切都井井有條，連來往的研究員都有著相似的氣質，時間在這裡彷彿停止了。

「研究中心只有少數人能進入C區，儘管同屬帝國研究院，但級別不同，C區的管理非常嚴格。」

林伊蘭靜聽介紹，套上凱希遞來的白袍，融入了一片制式的純白之中。

「C區分爲試驗區、儲備區、整理區等多個區域，我帶妳參觀前兩個，至於整理區，妳大概不會有興趣。」

「整理區是做什麼的？」

凱希解釋得很抽象：「處理用完的實驗體，根除研究外洩的隱憂。」

「什麼實驗體？」

「一會兒妳就能看到。」

林伊蘭不確定自己是否喜歡接下來即將看到的，她有預感會面對某種超乎尋常的場面，沉浸在其中的研究者通常無感，但外人乍看，極有可能反胃。

平滑的門上方映出熒藍的字樣，標示陌生的領域，門內是一個匪夷所思的世界，一切將從此顛覆。

空氣中微帶藥水的氣味，一道透明的晶壁，將空間劃分成爲兩個區域。研究員在其中一側監測，齊頂的檔案櫃，羅列著密密麻麻的記錄，各式各樣的儀器難以分辨用途，黑色的控制器上有無數旋扭，足以讓人頭眼昏花。

另一面則是試驗區，設置了十餘張實驗台，每張台上都躺著人。社會底層的窮厄在肌體留下了印記，粗壯的關節被寬皮帶扣緊，無論多強壯的人都無法動彈。裸露的皮膚貼滿了膠片，帶著長長的管線，連至測控裝置，記錄下每一次抽搐顫抖。研究員在一旁進行細微的調整，偶爾從托盤裡各種型號針管中取出一枚，注射入實驗體，等待下一次變化，細緻繁瑣的操作，看起來乾淨而嚴謹。

「這是做什麼？他們是囚犯？」瞥見塞在大垃圾筒內的破碎囚服，林伊蘭喉間發緊。

凱希沒有發現好友神情異樣，「是死囚，法律上已經宣告死亡，在這裡用來試驗完美分離後對藥劑的反應。」

「分離什麼？」林伊蘭望著奇詭的場景，起了一層寒慄。竟然用活生生的人……

「靈魂與身體。」

聞言，林伊蘭驀然轉頭，綠眸盈滿震愕。

凱希微笑，「聽起來很不可思議，對嗎？記得神話裡怎樣說？神在泥人鼻中吹口氣，從此靈魂與肉體同在，並隨著時間帶來的衰竭一同毀滅。多可惜！假如靈魂與肉體可以分離，隨意更換軀殼，那麼人類將超越神靈，獲得永生，再也無須畏懼死亡。」

「這不可能……」林伊蘭聽來猶如天方夜譚。

「當然可能，靈魂的本質其實是一種能量束，類似晶石發出的微頻，只要控制得當，史前手抄卷上記錄的，終將成爲現實！」凱希躊躇滿志，爲自己的研究而驕傲，「我們已經取得極大進展，實現了成功的分離。只是無法在剝離的同時，控制能量束進入新的軀體，這一點是最難的，涉及到精確操控晶石刺激神經中樞的頻率和個體差異。其實，我們曾經成功過一次，但僅維持半天，實驗體就死了，似乎是由於頻率過高造成身體機能癱瘓，所以必須反覆試驗，找出安全的數值。」

「你是說……這些人正處於什麼境況？」林伊蘭蹙起眉。

「嚴格說來，他們還活著，但僅限於軀體。失去靈魂的軀體就像耗光了能量的晶石，只剩最基礎的生物反應，如果沒有新的靈魂注入，也會逐漸衰弱而死亡。」

正前方的實驗台突然有了動靜，被捆縛的男人空洞的雙眼忽然睜大，劇烈地掙扎起來，掙得皮帶咯咯作響，頸上的青筋瘋狂搏動，幾乎掙斷關節一般猙獰。研究員迅速給他注射了一針藥劑，不出幾秒，壯碩的身體泥一般癱軟下來，再也沒有動彈。

訓練有素的研究員毫無驚慌，司空見慣地記錄完畢，助手過來解開皮帶，熟練地將軀體抬上一架推車運走。

「這個實驗體徹底死亡，會送去整理區，由那邊徹底處理。」凱希在一旁說明。

「凱希，你們用活人做實驗!?」

談笑間一條生命消失，凱希卻對此習以爲常，這裡所有人的效率和冷漠，讓林伊蘭覺得可怕至極。

或許是她的反應過於震驚，凱希摸了摸鼻子，「伊蘭，他們是死囚，原本就是要被處死的。」

「這太過分！」竟然將同類視爲動物一樣折磨，林伊蘭簡直說不出話，「凱希，他們是人！」

凱希則是另一種看法，委婉地解釋：「伊蘭，我明白妳的感受，但這是研究必須付出的代價，只有在人身上，才能得出最理想的實驗資料。雖然死囚不太合適，但假如這項技術成功，人類將徹底擺脫疾病和死亡的威脅，我們所愛的人永遠不會離去，更無須擔憂時間帶來的朽壞。千千萬萬人會因這項技術而受益，這些人的犧牲將成就全世界的福祉，絕對是值得的！」

林伊蘭盡量讓語氣冷靜，「凱希，你眞的這麼認爲？」

「當然。」提起夢想，凱希變得狂熱，「想想看，再也不會有親人故去的悲哀，不會有失去愛侶的痛苦，智者和英雄都將永存，短暫的時光化爲無垠，那是一個難以想像的絕妙世界，人類的終極美夢。」

林伊蘭無言以對。凱希仍是學院中的單純，只會想像事物最好的一面！

「皇帝陛下和議會對這項研究有何看法？」

「非常關注，他們明白這項研究有多重要，無論資金或設備都大力支援，甚至超過了能源研究。」凱希展示牆壁上的一枚標誌，「看看這個。」

那是一枚從踏入C區起，就反覆出現的圖案——黑色的六芒星中，有一隻睜開的眼睛，奇異而神祕。類似的圖案她曾在A區見過，那裡的六芒星中，是一個晶石圖案。

「六芒星取自手抄卷封面的圖形，代表休瓦研究中心；眼睛象徵生物研究的C區，合起來就是專案紋章，代稱爲神之光。與A區的神之火計畫一併從六十年前開始啓動，一直延續到今天。」凱希望著她，閃閃發光的雙眼無限嚮往，「伊蘭，前人耗盡心血和天文數字的投入即將獲得成果，由我們見證。一舉改變未來，妳不認爲這非常值得驕傲嗎？」

驕傲？不，林伊蘭只覺得可怕。但凱希不會明白，她只能沉默。

凱希滿懷憧憬和熱情，「目前越來越接近成功，只須攻克最後的難題，一切就……」

「軀體呢？誰來提供？」林伊蘭截斷凱希的話，壓抑住情緒，「誰願用青春健康的身體，換一副老朽殘軀？」

凱希怔了一下，又笑了，「伊蘭，妳不是第一個想到的人，其實神之光計畫進行了這麼久，所有的細節早已考慮周詳。妳跟我來……」

一眼望不到頭的空間內，豎著無數透明的巨大晶罐，如同藏書室架上密密麻麻的書籍，整齊地排列。特製的晶罐被地燈映出渾圓的輪廓，內裡有一團模糊的黑影，整個區域猶如一片怪異的森林。

「這是C區的儲備區，專門存放後備軀體。」凱希打開頂燈，讓景像清晰起來。

原來那不是什麼黑影，每個晶罐裡都有一個人！

透明的液體猶如膠質，赤身裸體懸浮在水液中的，無一例外是面貌出色的少男少女，肌膚在微藍的光下格外蒼白，猶如蠟做的人偶。

「他們被剔除了靈魂，身體依然保存完好，浸泡的液體可以令軀體處於休眠狀態，這個過程C區稱之為『淨化』。方法是柏格導師發明的，他是這方面的天才，一切由他親手操作，並因此獲得了準將勳章。與試驗用的死囚不同，這些軀體是歷年精挑細選的成果，非常年輕且健康清秀，通過了各類測試，一旦技術成熟，隨時可以使用，足以滿足最挑剔的要求。」來休瓦參觀過的議員無不倍加讚譽，凱希對儲備的規模和品質相當有自信。

沒有生，也沒有死，這些青春的生命被封存在冰冷的晶罐裡，成爲容器般的存在。林伊蘭的心彷彿被巨手攥住，一時竟無法呼吸。

「這些孩子……從哪來？」

「聽說是帝國北部的邊境。」凱希終於覺察好友神色異樣，變得猶疑起來。

林伊蘭觸上冷硬的晶罐，定定地凝視著，「那裡失蹤了這麼多人，就沒發生些什麼？」

一個甜美的少女浮在罐中，安靜得像在沉睡，長髮覆住了她的身軀，纖細的肢體稚嫩而脆弱，蝴蝶般的背胛骨上，紋刻著黑色的神之光印記，還有一個冷酷的數字——

NO. 226

儘管認爲有必要，凱希還是覺得不甚光彩，林伊蘭的神情更加深了他的尷尬，「當初是……以免費爲窮苦家庭的孩子治病爲由收進來，對外宣稱將他們接到帝都醫治，也確實送回了一些治癒的，但……」

林伊蘭接著說下去：「留下了其中測評優良的。反正全是生病的孩子，對父母宣稱不治也不會引來過多的質疑。那些可憐的人只會哀嘆命運，絕不會猜到辛苦養育的孩子竟被這樣使用。」

清冷的聲音在寂靜的空間顯得有些尖銳，凱希窘迫地回答：「大概……差不多。其實那裡生活貧困，加上戰亂侵擾，許多孩子尚未成年就夭折了……而且他們在帝都待了一年，獲得了非常好的照料，可能是在邊境一輩子都不可能得到的……」

林伊蘭冰冷的綠眸瞥了他一眼，凱希僵住話語，背心莫名地滲出冷汗。

「對不起！凱希。」過了許久，林伊蘭終於抑下翻湧的憎惡，低聲對朋友致歉，灰暗和自鄙的情緒包圍了她，「我知道與你無關，但這實在太過分……不可原諒……」

平民向貴族奉上了金錢，奉上了血汗，甚至還要奉上孩子的生命。貪婪的慾望永無盡頭，那些高高在上的權貴有了權勢、財富、名利之後，還要永恆的青春。

她為吸血者效力，槍口對準的，卻是被侮辱與損害的弱者！林伊蘭彷彿落入幽冷的深淵，窒息般無力。

神之光。

神靈的澤光究竟會灑向誰？

民眾如大地遍生的野草，貴族是參天蔽日的大樹，當過於繁盛的枝葉遮沒了天光，最終降臨的唯有黑暗。

陰沉的地面漸漸散出混沌的黑霧，它來自被人頭稅搜刮掉最後一個銅板的老媪，來自被沉重的工作折磨得憔悴支離的男人，來自被飛馳的貴族馬車撞斷腿的孩子，來自被驅離世代耕種土地的農戶，來自日夜不休紡織的童工，來自靠烈酒驅寒的拾貝者……

怨恨和詛咒如烏雲一般聚集，無形無質地瀰漫了整個帝國，這憎惡總有一天會化為洶湧的巨浪，讓高高在上的權貴粉身碎骨，徹底傾瀉出積憤。

林伊蘭停止再想下去，取出剛收到的信件拆看。

第一封是瑪亞嬤嬤的來信，她希望能讓心緒稍好，結果卻更糟。

信是旁人代寫的，瑪亞嬤嬤只說小病未癒，無力提筆，對自身草草帶過，剩下的淨是熟悉的關愛叮嚀。肖恩的阻撓讓她前次未能回家探望，必須等待下一次休假，內心的憂慮越發沉重起來。

另一封信同樣來自帝都，或許不能稱之為「信」，這僅是一則簡單的通告，短短幾行字，讓林伊蘭全然震愕。

娜塔莉死了！

簡潔素雅的訃告自帝都寄來，大概是按娜塔莉日常通信人的名單寄出，紙上印有勳爵家族紋章，宣告出無可置疑的事實。

訃告很短，僅有死亡時間和下葬日期，再加上兩三句悼詞，平淡得找不出任何訊息，林伊蘭呆坐一刻，起身去找秦洛。

秦洛對她突然的探訪驚訝不已，兩三眼掃完訃告，「妳要我去查勳爵夫人的死因？」

「假如秦上校願意幫忙。」

「當然，這可是伊蘭首次需要我的幫助。」秦洛答應得很爽快，同時不忘技巧地探問：「皇家學院的女教官突然過世，訃告又寫得這麼潦草，確實十分可疑。萬一眞有問題，伊蘭打算怎麼做？」

「我只想知道眞相。」林伊蘭靜默一瞬，給了回答。

即使什麼也做不了，她還是要弄清朋友的死因。秦洛對上流社會風月諳熟，各種門道極多，她無法返回帝都，想探出動爵封鎖的內情，唯有借力於他。

「既然伊蘭能冷靜看待，那我就放心了。」秦洛眼神一閃，別有深意地微笑，「何況這是未來秦夫人的初次請求，我一定盡力。」

秦洛的行動如承諾一般迅速，不到一週，已探出詳情。

娜塔莉的死對外宣稱爲手槍走火，實際上卻是被漢諾勳爵射殺身亡。秦洛買通了勳爵府的車夫，又找到娜塔莉的近身侍女，大致拼湊出了首尾。

任性的勳爵夫人在休瓦狩獵會後與丈夫大吵一場，一段時日後，突然收拾行李，搬去修道院長住。貴族女性選擇修道院棲身並不罕見，但多半是沒落貴族家庭中缺少嫁妝的女性不得已的選擇。

娜塔莉表面宣稱在修道院靜養，私底下卻在籌辦去異國的相關文牒，大概打算在修道院待上幾年，等被社交界遺忘後，偷偷前往國外生活，這或許是在漢諾活著的情況下，擺脫婚姻的唯一辦法。

計畫相當理想，不巧的是，她的情人迪恩子爵被愛沖昏頭腦，不甘心分手，找到了修道院，被來接妻子的漢諾勳爵撞了個正著。以疑心和嫉妒著稱的漢諾當場開槍，迪恩逃走，子彈擊中娜塔莉，造成了大量失血，勳爵夫人最終不治身亡。

事發之後，漢諾勳爵與娜塔莉的父親進行了三次密談，以助其長子擢升及贈送一塊豐沃的領地為代價，換得對方緘默守口。勳爵夫人的死被宣稱為意外，以保全雙方的名譽。唯一的證人迪恩子爵嚇破了膽，又怕漢諾報復，連夜潛逃回名下的屬地，鎮日與侍女廝混，完全不敢出門。

勳爵夫人已被下葬，漢諾所給的利益也沖淡了娜塔莉家族的悲傷，社交界惋惜一朵玫瑰凋落之餘，更關心下一任勳爵夫人的人選，再過幾個月，不會有人記得娜塔莉是誰，上流社會總是這樣健忘。

聽完一切，林伊蘭有長久的沉默，許久才道：「謝謝！很詳盡。」

秦洛觀察中帶著探究，「伊蘭對此事怎麼看？」

「很不名譽的死法，當然，其他人都得到了自身所渴望的。」林伊蘭語氣輕淡，目光移向窗外，「娜塔莉的家族藉由她攫取了足夠的利益，漢諾勳爵得到了她的青春和生命，迪恩子爵得到了一段風流豔史，至於娜塔莉本人……或許該說她罪有應得？」

秦洛揚揚眉，「妳的表情可不是這樣說的。」

「那麼秦上校認爲呢？」

「我認爲妳該叫我秦洛。」秦洛笑了，話語轉爲戲謔，「或者洛？」

林伊蘭但笑不語。

秦洛並不如往常那樣放過她，反而稍稍加重了語氣，「畢竟我們很快就會訂婚，妳不覺得彼此的關係應該再更親密一點？」

無視她的沉默，秦洛低下頭，林伊蘭反射性地一偏，吻落了空。氣氛頓時僵滯，她正想找個說辭避開，秦洛扣住她，強吻下來。林伊蘭掙了一下，見對方罕見的強硬，也就不再反抗。

秦洛吻了很久才放開，目光有些奇異。

「謝謝你，秦洛。」林伊蘭不著痕跡地退了半步，拉開一點距離，「非常感激你的幫助，可我已經出來太久，該回去工作了。」

不等回答，她轉身離開，及至拐過一道長廊，這才停下腳步，掏出手帕拭了一下唇，眉尖微微一皺，潔白的巾帕落入了垃圾筒。

秦洛目送她離開，沒有出言挽留。

獨自在房間佇立良久，食指擱在唇上，他自言自語般低喃：「滋味不錯……眞是……糟糕！」

娜塔莉……娜塔莉……林伊蘭指尖冰冷，只覺無盡的悲哀。

生命就這樣輕易終結，徒勞無用的抗爭淪爲供人譫談的話題，那些一手造成悲劇的人依然故我，心安理得地享用死亡帶來的利益，或許將來還能用神之光的技術更換全新的軀殼，攫取永恆的青春。

私慾驅策著靈魂，吞噬一個又一個年輕的生命，一如百年前歌劇中的悲吟——青春嬌豔皆化作腐土，老朽醜惡卻在世間橫行。

「娜塔莉，我該怎麼辦……」

「這個世界太髒了，根本沒有出口……」

「娜塔莉……」

鏈墜上的少女依然微笑，凝定在最美好的芳華。

細長的煙在盒畔逐漸燃燒，紅芒越來越黯，只餘長長的灰燼。

12 誘餌

肖恩跳過柵欄，越過門外的潘，闖入了菲戈的房間。見房間裡的三、四個人同時抬頭，肖恩臉上帶著激動的赤紅，大聲宣佈：「我聽說財政大臣要來休瓦巡查！」

菲戈停下低議，示意身邊的人離開，待潘關上門之後才道：「那又怎樣？」

「他們肯定會經過森林要道，只要設法挾持住財政大臣，就能向貴族提條件！」肖恩的情緒極度亢奮，「財政大臣地位顯赫，又是議會成員，就算換不到自治，讓軍隊滾出休瓦也好。」

「不可能！」菲戈截斷了他的臆想，「就算捉到皇帝，休瓦也不可能擺脫軍隊！」

「你憑什麼肯定？」肖恩失望中激起了憤怒。

「基地裡有些東西比我們所知道的更重要，議會對它的重視超乎想像！」習慣應對肖恩魯莽的衝動，菲戈冷淡地駁回，「就算沒有這一因素，帝國也絕不可能放任礦藏豐富的休瓦脫離掌控。」

「這是你懦弱的藉口、開脫無能的飾辭！看看拉法城，拉法的勇士是最好的榜樣，我們只要像他們一樣勇敢地鬥下去，休瓦終能獲得自由，擺脫貴族的奴役！」肖恩提高嗓門，言辭激烈地指責，「你膽小畏縮，像蜷成一團的豪豬，只會退避！上次皇帝來休瓦的時候，就該在宴會上大鬧一場，你卻說會拖累內線，這次機會難得，你仍然拒絕動手，還有那個逃走的……一定是你帶她離開的，不然她根本不可能悄無聲息地走出貧民區！」

「那天晚上我在喬芙房間，她可以證明。」菲戈淡淡道，「捉不到人，你應該反省自己本事太差！另外，記清楚我才是首領，你沒資格對我發號施令！」

肖恩咬牙道：「是你背離了首領的責任，被那個婊子迷惑……」

「這話我已經聽厭了。」菲戈眼神一暗，氣氛一瞬間冰冷，「要不是看在你父親的面子上，你以爲我會容忍你這樣放肆？」

「你在警告我？」肖恩一窒，漲紅的臉略略發白，姿態卻更加叛逆，「該小心的人是你！這次循私包庇，已經令許多人不滿，假如你再畏怯逃避，沒有半點行動，我會讓大家看看，誰才配當首領！」

摔門的聲音大得幾乎震碎玻璃，潘翻了個白眼，對肖恩近期接二連三的暴躁無話可說。

「潘，留意著點，別讓他幹蠢事。」菲戈皺了一下眉，盯著肖恩氣沖沖走出院子的背影，「叫喬芙把她手下那群人看緊一點。」

潘點點頭，見左右無人，湊近壓低聲音：「菲戈，你的情人眞是公爵小姐？」

菲戈一如所料的沒有回答，潘卻堅持話題：「我覺得壓根不可能，但肖恩發誓說他絕對沒有看錯。」

「假如是呢？」菲戈不答反問。

「怎麼可能……」潘看著他，漸漸笑不出來，「你是說眞的？她是來刺探情報的!?」

菲戈搖了搖頭。

「那她……我是說她竟然……自投羅網？」潘發傻了半晌，語無倫次地感慨，「菲戈，你魅力眞大，竟然勾到貴族小姐，還是冷血公爵的女兒，那混蛋知道，一定會氣炸肺！」

「能替我保密嗎？」

「當然！」潘不假思索，想了想，又有些惋惜，「眞可惜沒法給那個惡魔來一擊，要是捅出去，她肯定有大麻煩！菲戈，你不想毀了她，對吧？」

菲戈淡笑了一下。

潘再度興奮起來，喋喋不休地發問：「說說看你是怎麼把她弄到手的，竟然還讓她冒險來找你！公爵小姐是什麼滋味？早知道我眞該摸一把……」

波瀾不起的暗眸有一瞬失神，菲戈默不作聲，點燃了一根煙。

「菲戈怎麼說？」幾人迎上氣呼呼衝出來的肖恩，其中一個男人率先問道。

「塞德，我早知道沒用！」肖恩憤意難消，「那個膽小的懦夫根本不敢冒險！」

「看來得錯過機會了。」塞德流露出不甘，「眞遺憾！這次戒備不像皇家宴會那麼嚴，得手的可能性應該很大。」

「不能再聽他的，我們自己幹！」肖恩咬咬牙，作出了決斷，「等捉住財政大大臣，看菲戈還有什麼臉當首領？」

「避開菲戈恐怕不容易。」幾個人面面相覷。

肖恩決定孤注一擲，「不是能查出財政大臣經過的路線嗎？挑個合適的地形用不了多少人，我們可以提前設下埋伏，事成之前，絕不能讓菲戈聽到半點風聲。」

塞德彷彿有些顧慮，「私自行動，菲戈可能會翻臉。」

「不管他！」肖恩神色陰沉，越說越懊怒，「要是能捉到那個女人，不但可以把菲戈掀下去，還能報復鐵血公爵，沒想到菲戈竟然幫著她逃了，那個心虛的傢伙根本不敢把她交出來審問，他知道她的身分！」

塞德插口道：「聽說她給過赤龍牙……」

「那是軍隊的圈套！軍方最愛耍陰謀詭計，用示好的伎倆誘人上當！」肖恩凶狠地瞪著塞德。

幾人同時噤聲，誰也不會蠢到在此時提醒肖恩，他的命正是拜軍方的陰謀詭計所救。

氣氛僵滯了片刻，肖恩壓制住火氣道：「眼下的關鍵是獵捕財政大臣，我會用實力證明領導的資格。」掃視身邊的幾個人，他右手平伸，「同意參與祕密行動的起誓，絕不對外洩露任何資訊！」

「我起誓。」塞德第一個回答，將手覆在肖恩的掌上。

「還有我。」第二個……

祕密結誓五小時之後，休瓦一幢平凡無奇的民宅，迎來了一位神色緊張的客人，閃爍的目光和手中揉捏的帽子，顯示出他內心的不安。

「他們上勾了？」相較於訪客，屋內的另一個人格外冷靜。

「是的，閣下。」

「很好！」冷酷無情的聲音似乎令溫度忽然下降，「財政大臣會在預定的時間通過叛亂者希望的地點。」

「但人很少，肖恩能策動的不多。」

淡漠的字句透著輕蔑：「沒關係，一個接一個挖出來，我對這群叛亂者的耐心已消耗殆盡！」

聽出殺意，告密者打了個冷顫。

「不用緊張，」黑暗沒能阻隔敏銳的洞察，男人淡嘲著安撫，「我們識相的合作者，你會獲得應有的獎賞，足以過上超乎想像的生活。」

「閣下，我一定盡力讓事情朝您期望的發展。我將……」

打斷連篇的保證，冷硬的語聲轉到另一個話題：「另外，我對你上次提過的有關公爵女兒的傳聞很感興趣。」

告密者趕緊開口：「我已經照您的吩咐探問，但所知不多，菲戈把她藏得很嚴，沒人知道她的名字。她似乎曾被菲戈救過，後來成了他的祕密情人。見過的人都說她長得很美，卻和菲戈一樣難以對付，肖恩糾集十來人圍捉她，都宣告失敗了。」

封閉的空間裡一陣窒息般的靜默。

「她給過菲戈一根赤龍牙，您很清楚它的價值，所以我認爲……」承受不住可怕的壓力，告密者結結巴巴地補充：「傳言有一定的可能性！」

處理完手邊的公務，用餐時間早已過去，林伊蘭看了眼安姬放在書桌邊的餐盒，毫無食慾，但胃在抽痛著，提醒她的疏怠。

拖過餐盒，勉強嚥下了幾勺冷掉的食物，一陣無法遏制的反胃襲來，她摀住嘴衝進洗手間，吐了半晌才平息，掬水漱去口中的酸苦。

壁上的鏡子映出她的側臉，姣好的容顏蒼白消瘦，睫下有淡青的陰影。彷彿想到什麼，她突然漾起了驚恐。

同一時刻，門傳來了叩響，安姬揚聲報告：「長官，穆法中將命令您立即過去一趟。」

豪華精美的辦公室沒有人，林伊蘭獨自等待了一刻。

意外的可能攪亂了心神，她幾乎無法自處，極想立刻去一趟城西區。情緒惶急而恐懼，理智卻提醒她慌亂毫無益處，她強迫自己鎮定，將注意力轉移到桌面攤開的地圖上。

這是一張精細的軍用地圖，整個休瓦地形一覽無遺，山巒、溪流、礦井一一標註，奇怪的是，在進入休瓦要道之一的羅勒峽谷上，卻被紅筆打上了特殊記號，她正要細看，門外傳來腳步聲，她迅速退後，剛一站定，穆法中將走了進來。

穆法中將顯然心情不錯，讓她在扶手椅上坐下，模樣十分放鬆。

「伊蘭，聽說妳要訂婚了。」

林伊蘭一愣，勉強笑了一下，「是。」

「秦洛是個好小子，妳父親很有眼光！」穆法中將對人選相當滿意，「雖然沒有繼承權略為遺憾，但我相信他能另創一番事業，不會委屈妳。」

「謝謝穆法叔叔。」

「妳會是最好的妻子，像妳母親一樣。」憶起故友，穆法中將有些欷歔，「當初我們一群人都狂熱地追求她，可惜她最後嫁給了妳父親，否則，妳應該是我的女兒。」

縱然心事重重，林伊蘭仍忍不住微笑。

穆法中將像父親般拍了拍她的手，「好吧！現在看看我給妳什麼訂婚禮物。」

禮物？林伊蘭微怔，頓時明白了傳喚的原因。

穆法中將走到書桌旁，拉開鑲著金色把手的抽屜，取出一件物品，放入她手心。

「一件小玩意兒，但願妳喜歡。」

沉甸甸落在手中的，是一個古董扁匣，精巧華貴，造型典雅，深棕色的匣面以象牙和瑪瑙拼成了雅致的圖案，純金的釦飾鑲邊，另嵌有十餘枚珍稀的寶石。儘管年代久遠，漆層依然柔亮光滑，彰顯出非凡的價值。

「穆法叔叔，我不能收，這太貴重了！」林伊蘭立即送回，「這是您家傳的珍品，不該由我擁有！」

「這是當年我結婚時，妳母親送的。」

穆法中將攔住她的手，林伊蘭把匣子放到案上，「既然是母親對穆法叔叔的友誼，更該由您收藏。」

「她說讓我放置值得珍藏的物品，可惜過了這麼多年，我始終找不到能夠放進匣子裡的東西。」溫暖的懷念令穆法中將綻顏一笑，「所以我把它送給妳，或許這對妳來說更適用。」

林伊蘭喉間微哽，穆法中將溫和而堅持：「收下吧！孩子，這也是妳母親的祝福。」言畢，他詼諧一笑，似乎一瞬間變得年輕，「別告訴妳父親，我可不想他為多年前的事對我擺臉色。」

輕觸漆匣，林伊蘭忍住酸楚，「謝謝……謝謝穆法叔叔，我會好好珍惜。」

「或許妳覺得妳父親生性冷淡，其實他很愛妳，只是那傢伙當將軍太久，又自以為是，完全不懂怎麼與妳相處。」他嘆了口氣，頗為無奈，「幸好妳有了丈夫，以後會好一些。」

林伊蘭只是笑了一下。

「妳父親此刻正為政局頭疼，他與維肯公爵的爭鬥即將在皇儲問題上見分曉，陛下卻遲遲不決，態度曖昧不明……」皺了皺眉，穆法中將不再多說讓人煩惱的政事，「另一方面，我猜妳父親打算借鏟平叛亂組織的軍功，讓秦洛再升一級，讓妳的未婚夫更重視妳。」

林伊蘭清楚，目前宮廷中最大的隱憂，正是被立為皇儲的第一皇子，與獲維肯公爵支持且受陛下偏愛的第二皇子相較，他的形勢可謂十分嚴峻。皇帝陛下打算更換儲君的消息絕非空穴來風，隨著皇帝年邁與病重數次被提起。但皇儲行事謹慎，又受以林公爵為代表的軍方支持，才讓這一提案始終未能擺上檯面。

至於讓秦洛升級，林伊蘭更不意外。貶抑之後稍加籠絡是父親的慣常手法，顯然這是為了補償秦洛在宴會上的損失，這作法與其說是為了她，不如說是為了收服秦洛。

心底的想法不露分毫，林伊蘭順著中將的話說下去：「多謝穆法叔叔讓我明白父親的苦心，但叛亂者擅長隱匿，並不容易對付。」

「確實棘手，多年來各種手段都成效不彰。但這次不同，誘人的香餌能讓老鼠自己跑出來。」穆法中將暗示地眨眨眼，心緒極佳，「假如成功，休瓦將徹底告別叛亂之患！」

「誘餌？」林伊蘭捺住驚疑，「穆法叔叔是指……」

「這次動靜不小，到時候妳會知道。」他不再多說，胸有成竹地一笑。徹底？能讓穆法叔叔說出這兩個字，究竟……

「伊蘭！」

回過神，秦洛正看著她，「在想什麼？我叫了幾聲，妳都沒聽見。」

覺察出失態，林伊蘭盡量把心神集中在兩人的約會上，「抱歉，可能是睡眠不足。」

「妳的臉色很糟！」秦洛仔細打量，「最近失眠？」

「有一點。」不想面對他的目光，她低頭切牛排。

秦洛沉默了一會兒，突然提醒：「妳已經切得很碎，或許該開始品嘗了。」

執著刀叉的手一僵，林伊蘭乾脆放下，「對不起，我沒什麼食慾。」

「大概食物不合妳的胃口。」秦洛體貼地提供理由，「是我的錯，不該替妳點餐。或者……我們換一家餐廳？」

林伊蘭環視周圍，高雅的環境氣氛溫馨，柔婉的小提琴悠揚悅耳，侍者服務周到，賓客輕聲細語，一切完美得無可挑剔。

「這裡很好，是我狀態不佳。」她按了按眉心，命令自己笑。

「妳瘦了很多！」秦洛審視了片刻，用她的叉子挑起一塊牛肉，遞至她唇邊，「試著吃一點。」

林伊蘭僵了一瞬，「不，謝謝，我吃不下。」

秦洛揚起眉，「至少嘗下味道。」

勸慰的語氣軟中帶硬，林伊蘭勉強接過，嚥下時果然引發了嘔吐感。她抓起餐巾搗住，半晌才強壓下去。

「對不起，我不該強迫妳嘗試。」不等她開口，秦洛先行致歉，呈現出十足的愧疚，「胃不舒服？」

林伊蘭點點頭，忍住翻湧欲吐的感覺，將盤子推開，額際冷汗淋淋。她知道，自己的臉色一定很難看！

「我認識一位醫生，比軍醫高明得多。」秦洛遞過乾淨的手帕，目光一直停在她臉上，「找一天我帶妳去，胃病千萬不能疏忽，我的一位朋友沒注意，結果幾年間只能喝湯。」

「謝謝。」林伊蘭婉拒了手帕，「近期太忙，軍中也顧不上，以後我會留意的。」

「這是未婚夫的責任。」秦洛執起她的手，吻了一下手背，親近而不失矜持，將分寸把握得恰到好處，「等我此次任務完成，回來就帶妳去。」

「你要離開基地？」林伊蘭稍感意外。

「只有兩三天，帶領一隊人去接來巡視的財政大臣。」

財政大臣？林伊蘭心中微微一跳。

秦洛察顏觀色，敏感地微笑，「據說他是令尊的政敵，大概免不了生些麻煩。不怎麼令人愉快的任務，對嗎？」作爲林公爵的未來女婿，被財政大臣挑刺簡直是理所當然。

「休瓦附近很亂，或許該小心一點！」林伊蘭不動聲色地探問：「從哪條路走？」

秦洛執杯啜了一口紅酒，「羅勒峽谷。」

防衛薄弱，途經險地的財政大臣，沒什麼香餌比這更好！

叛亂者好一段時間沒有大動作，也許已經有人按捺不住冒險的慾望。前一段風波帶來的影響尚未平息，菲戈能否壓制住不馴的下屬，在誘餌前保持清醒？

秦洛並未顯露參與祕令的謹慎避諱，彷彿這只是一次尋常的例行任務。或許對他而言也確實如此，以父親的作風，未必會告知他計畫的詳情。

趁財政大臣來巡之機誘出叛亂者，挫敗一場陰謀，施恩於政敵的同時，提升秦洛的地位，這樣做或許能令叛亂組織受創，但絕對無法稱之為「徹底」。穆法叔叔待人親切和善，在軍中行事卻與父親相同鐵腕，如果她的理解沒錯，所謂的「徹底」應該是……

血腥的暗流悄然彙聚，即將掀起狂暴的風。

她長長的眼睫低垂，厚重的陰霾，籠罩著不安的心湖。良久，靜止的手動起來，將拆解保養的配槍重新組裝，一粒粒子彈填入彈匣，指際一頂，沉重的彈匣咯啦一聲復位。

找到城西區的薩並不難。

街邊一間矮屋，蓄著落腮鬍的醫生正在替一個哭哭涕涕的孩子包紮受傷的手臂，口氣很粗，手法很輕，沒多久便處理完畢，淚汪汪的孩子在母親拉扯下垂著腦袋離開。

薩洗淨手上的血，抬起頭，嚇了一跳。

「是妳？」薩跳了起來，手忙腳亂地關上門，又從窗縫裡窺探外邊的動靜，確定一切如常後，這才回過頭，「美人，妳膽子眞大，附近很多人還惦記著肖恩的懸賞呢！」

「我帶了槍。」

薩瞪著眼，對她的話語不以爲然，「槍不等於安全。」

「謝謝你的提醒。」

禮貌性的回答顯示警告並未被重視，薩咕噥了幾句她聽不清的抱怨後問：「妳想見菲戈？這個時期恐怕不行，會給他帶來大麻煩。」

「不，只是想請你替我捎幾句話。」

「我會做一個好信使。」薩興趣盎然，促狹地擠擠眼，準備聽情話。

「遠離羅勒峽谷！」

等了半天只有不明所以的一句，薩莫名其妙，「就這個？」

「小心陷阱，別給軍方任何藉口，否則，後果會比他預想的更糟！」

覺出嚴重，薩收起謔態點點頭，「還有嗎？」

「還有……」林伊蘭猶豫了一刻，最終嚥下了話語，「就這些，請盡快轉告。」

意外的訪客離去後，薩收拾醫箱，拴上門，沒走幾步，迎面走來幾個陌生人。兩下目光一觸，對方腳步突然一緩，手已反射性地摸上腰畔。

薩努力笑了笑，猛然把手上的醫箱扔出去，趁飛散的藥瓶逼得對方四處閃躲，他以最快的速度往反方向狂奔。追蹤者異常執著，左突右繞了大半天，加上暗哨的幫助，薩終於逃入貧民區深處，甩掉了危險的敵人。

「菲戈，她來找我了！」看周圍並無旁人，在潘拖來的椅子上坐倒，薩一氣灌下一大杯水，汗濕透了襯衣。

菲戈冷峻的臉微變。

「對，就是你想的那個人。她要我讓你遠離羅勒峽谷，遠離陷阱，不能給軍方藉口，否則後果非常可怕！」一口氣說完轉達的話，薩心有餘悸地拭汗，「她後面有人跟蹤，我差點被捉住，還好運氣不錯，萬一被堵在屋裡，那就全完了！」

「你說她被人跟蹤？」菲戈心一沉，「她還有沒有說什麼？」

「只有這些，她是帶著槍來的，似乎心事重重，說完話就走了。我看她瘦得很厲害，簡直像一陣風就能吹走。」薩盡力描述。

菲戈沉默了一陣才道：「她提到羅勒峽谷？」

「對。」

羅勒峽谷……陷阱……藉口……

「潘，查查財政大臣從哪條路走、什麼時間！」菲戈語音陡冷，猶如休瓦酷厲的嚴冬，「另外，找到肖恩，讓他立即過來！」

潘立即應命，很快又趕了回來，氣急敗壞的神態顯示出事情已經失控，「肖恩出城去羅勒峽谷了，我揍了他留下來的一個人，那傢伙說，財政大臣會從峽谷走。」

薩悚然立起，撞翻了凳子，「那蠢小子以爲自己是英雄？」

「黛碧說肖恩走的時候只帶了幾個人，似乎很有把握。」潘急得要命。

「財政大臣何時會通過峽谷？」菲戈追問。

「不清楚。怎麼辦？肖恩會不會被軍隊捉住？」

「現在該擔心的不是肖恩。」菲戈神色陰鬱，預見到最糟糕的可能，立即作了決斷，「我帶幾個人去阻止他，你和喬芙讓我們的人盡量疏散。假如事態變化，軍隊很可能包圍這一帶，必須遠離貧民區，另找地方藏身！」

「菲戈，你在說什麼？」潘焦急而困惑，「有麻煩的是肖恩，爲什麼要……」

「不是他！」菲戈截斷少年的話，「軍方的目標是整個組織，他們一直在等一個足夠的理由鏟平貧民區，清洗整個休瓦！」

所有人都清楚叛亂者出自貧民區，甚至無形控制了領域內的一切，假如潛藏不出，警備隊和軍方根本無能爲力，居於此地的貧民有十餘萬之多，休瓦並非邊境行省，軍方不可能強橫到毫無顧忌地屠殺。

這並非出自良心的克制，而是殺死大量無辜貧民，極易引起政敵攻訐，除非有合適的契機令屠殺無可爭議——財政大臣受叛亂者挾持便是一個絕佳的理由！

僅有零散武器的叛亂者對上訓練有素、裝備精良的軍隊，無異於幼稚的孩子挑釁凶殘的巨人。菲戈自成爲首領後，屢次約束行事，避免給予軍方任何屠殺的藉口，此刻卻被愚蠢的莽撞破壞殆盡，他神色僵冷，怒火如沸，假如肖恩此時現身，必定會被他毫不留情地掐死。

「你是說……天哪！」薩反應過來，臉色慘白，聲音宛如呻吟。

潘不敢置信，也不願相信，「不可能！貧民區有那麼多人……」

「你忘了我們的對手是誰？」菲戈的字句比刀鋒更利。

薩和潘對望一眼，同時想起鐵血公爵的傳聞，剎那間滲出了冷汗。

血腥屠夫，薔薇惡魔，令人畏怖的傳聞，足以掐滅最後一絲僥倖。

死寂了一瞬，菲戈極慢地叮囑：「記住，不管我能不能回來，你們唯一要做的，就是把消息傳出去，讓人們盡量遠離，絕對安靜地隱蔽。」

刀削般的峽谷底部，秦洛率隊策馬前行，一邊逡巡前方的動靜，一邊應對不時從後方傳來的，財政大臣不斷升級的各種要求。

「太熱？請容許我表示遺憾，旅途中我無能爲力，休瓦這鬼地方的夏天和冬天一樣可怕。」

「食物？到基地後我保證您將享受到頂級廚師烹製的佳餚，但此刻只能從簡。」

「太累？非常理解，這確是令人疲憊的旅程，一切爲了帝國，請閣下暫且忍耐。」

「休息？不可能，畢竟您是陛下不可或缺的重臣，不能有半點風險。」

隨隊的衛兵煩躁地暗罵，唯有秦洛，不論對方要求多麼無理、態度何等粗暴，一概和顏悅色，「我的任務是護送閣下到基地，沒什麼比您的安全更重要。」

恭謹的應對挑不出任何毛病，財政大臣氣哼哼地把頭縮回豪華車駕內。

秦洛抬了抬軍帽，策馬趕到隊伍前列，心不在焉的目光掃過空寂奇麗的峽谷，微微收了下韁繩。

棕紅色的沙岩如同被神靈的巨斧劈開，憑空生出一巨大的裂口，峭拔聳立的巨石巍峨錯落，壯麗開闊，空蕩無人的道路與龐大的峽谷相比，猶如一條細線蜿蜒而過。夏季的植物異常繁茂，濃密的灌木覆蓋了道路兩旁，前方的樹林緊接著狹窄的彎折，全然遮擋了視線。

假如設伏，林間會是最好的地點！

峽谷一片安靜，午後的陽光熱辣辣的炙燙，曬得背心汗濕一片，秦洛巡視著寂靜的樹林，心底一動，揮手令隊伍暫停。

探路的士兵縱馬而回，示意前方無恙。佇列護著馬車駛入密林，秦洛不敢放鬆，下令全速通過。坑窪的道路顛得車內的財政大臣頻頻碰撞，氣得大聲咒罵，迭聲叫嚷放慢，一律被秦洛置若罔聞。

車輪軋起的石子迸跳著彈開，搖得頭昏腦脹的財政大臣無法忍耐，從車窗探出頭，剛叫喊了一句，林間猝然響起了槍聲。

馬車夫從駕駛座栽倒下去，被飛滾的車輪輾過，車身一記重晃，讓財政大臣咬住了自己的舌頭。

接二連三的子彈飛來，有些來自林梢，有些來自灌木叢，不停有士兵中槍。慌亂的開火毫無方向，嗆人的火藥味瀰散空中。

秦洛厲聲喝令，強自鎮定的命令平穩了恐慌無措的士兵，逐漸找出襲擊的來源，開始有目標地還擊。

襲擊者不多，開始的劣勢源於事發突然的恐慌，隨著攻防轉換，戰局傾向軍隊一方，敵人漸漸撤逃。秦洛喝住追擊潰敵的士兵就地護衛，小隊長驚魂甫定地清點傷亡，極近的灌木中猝然撲出黑影，靈如狡兔，瞬間竄上了豪華馬車。

秦洛眼疾手快地拔槍撂倒了兩人，但已來不及扭轉局勢，最後一個敵人成功地闖入車內，捉住了抖如篩糠的財政大臣，並用對方肥碩的身體擋住了射擊角度。

「放下槍，否則我殺了他！」目標落入掌中，肖恩激動而狂喜，槍管壓住人質的頭，頂得他肥胖的臉變了形。

秦洛暗暗咬牙，擠出微笑，「放下槍，我可以不殺你。」

肖恩槍口一戳，人質又哆嗦起來，「不照辦我就殺了他，你擔不起這責任！」

確實擔不起，否則我很樂意將眼前這可惡的小子，連同他身前那個該死的混帳一起轟上幾個洞！秦洛有些惡意地想。

大概是第一次嘗到槍壓在臉上的滋味，財政大臣臉色青白，抖得語不成句：「秦上校……放下槍……我命令你……」

這個白癡！秦洛忍住咒罵的衝動，只能選擇服從。

士兵們一一放下武器，秦洛最後一個將槍扔到地上。

肖恩一槍打在馬蹄邊，受驚的頭馬嘶聲飛奔起來，拖著馬車一路疾馳。

秦洛臂一縮，一把暗藏的槍從袖中滑入掌心，在馬車掠過身邊的剎那抬手射擊，本該命中敵人頭部的一槍卻被副官一撞，子彈嵌入樹幹，馬車揚塵直衝而去，他霍然回首，目光冷厲逼人。

副官立即壓低聲音解釋：「將軍密令放他們過去，後面另有安排。」

秦洛愣了一瞬，陷入沉思。

13 坍塌

財政大臣被劫的消息傳開，引起的反應直接而迅速。市長緊急發佈禁制令，所有人在限定時間內回家，禁止聚集，禁止圍觀，在街上遊蕩的，一律格殺。

商鋪酒吧接連關閉，小販驚恐奔走，行人逃回寓所，宛如狂烈風暴來臨前的窒息，連野狗都覺出不祥，夾著尾巴，躲進了空無一人的暗巷。

荷槍實彈的士兵列裝而動，一列列從街頭走過，工兵設置路障堵死了所有通道，將貧民區徹底封鎖。

馬車載著沉重的板廂轆轆而停，炮兵熟練地卸下鐵炮，一箱箱拆開的彈藥堆在炮座邊，泛著黑沉沉的幽光。槍尖的刺刀閃著雪亮的寒芒，躲在窗簾後的市民瑟瑟發抖，幾千名士兵沉默地肅立，在絕對寂靜的森冷中等待命令。

林伊蘭所在的第三營奉令留守基地，聽軍號響徹整個營地，摻雜著喝令與齊刷刷的腳步，一群群士兵開拔，她無法遏制地心驚。

休瓦城外的密林中，肖恩勒住馬車，將癱軟的財務大臣捆成一團，用爛布堵上嘴，與倖存的兩三個同伴會合。

「他嚇得尿褲子了。」短暫的休憩後，緊張散去，肖恩爲奇蹟般的順利激動難耐，嘲笑地踢了俘虜一記，「現在我們只要把這傢伙藏好，就能跟軍方談判。」

幾個人哄笑起來，帶著成功後的興奮。

「猜猜他們會答應哪些條件？」

「這混球應該値不少。」

「按體重索要黃金如何？」

「我想看鐵血公爵如喪考妣的臉。」

七嘴八舌的談論間，猶如來自地獄的冰冷語聲突兀地插口：「你唯一該做的是把他送回去，立刻！」

「菲戈！」肖恩驚得跳起，「你怎麼會在這？」

菲戈從樹影中走近，眼神寒如冰雪。

掃過菲戈，肖恩臉色變了又變，目光凶狠起來：「你跟蹤我？看我得手了就來搶人？」

菲戈僅一下就將財政大臣奪了過去，其他人根本來不及反應。

肖恩氣得叫罵起來，暴跳地拔出槍，「你這混帳！他是我捉到的，休想……」

「對，你捉了他，」菲戈凌厲森然的銳語壓得肖恩不敢妄動，「爲微不足道的虛榮而蠢動，毀了所有人！」

「毀了什麼？我比你這懦夫強得多！」

「貧民區的所有人因你而命在旦夕，將被軍方以解救財政大臣為由屠殺！」菲戈抓起人質的脖子，拉到肖恩面前，逼得他跌撞退後，「懂嗎？他只是個誘餌！」可憐的財政大臣哼出羸弱的哀號，被可怕的怒氣嚇得幾乎昏厥過去。

「不可能！」肖恩臉龐驀然蒼白，「我們行動是絕密，不可能讓軍隊知道，更不可能被利用！」

「顯然你身邊有過於善解人意的同伴。」菲戈堅冷如刀的目光掠向肖恩身後，幾人不自覺地畏縮。

「他們都是我的親信！」肖恩拒絕相信，極具勇氣地擋在面前。

沒有暴怒，菲戈冷冷地反問：「誰建議你選擇這一獵物？誰打聽到軍方的路線？誰告訴你下手的時機？誰鼓動你與我對抗？」

一連串的問題讓肖恩不由自主地回頭，被注視的塞德哆嗦起來，倉惶地轉身狂奔。肖恩張著嘴，無法置信地看著曾經信任的夥伴，眼前的一切突然離奇得可怖。

一記刀刃破空的輕響，逃出十餘米的塞德大腿被短刀穿透，他慘叫一聲，再也無法挪動一步。

菲戈上前，拔出短刀，肖恩僵了一刻，衝過去對塞德拳打腳踢。惡狠狠的踹打夾雜著失控的怒罵，受騙和遭遇背叛的憤怒讓肖恩幾乎將他撕碎，然而，報復未能繼續，轟的一聲讓大地跟著顫動的巨響，遠處的城區上方騰起一股濃煙，在晴空下，異常怵目。

隨後接連的巨響震動大地，驚起了無數飛鳥，濃重的黑煙讓菲戈紅了眼，他拖起財政大臣，翻上馬背。

血從塞德的口鼻溢出，青紫的面孔凝固著痛苦和恐懼。停止對死者的毆打，肖恩身體有些搖晃，茫然地問：「你帶他去哪？」

「把他扔到林公爵面前，但願能讓炮擊停下。」

「送回去？」肖恩以爲他發了瘋，本能地攔在馬前，「他們會殺了你！」

「要讓殺戮停止，必須有人承擔罪名。」菲戈毫無表情地提醒，「軍方很快會包圍這一帶，你最好盡快離開。」

恍惚的肖恩尚未回神，林間已隱隱傳來雜亂的腳步聲。

菲戈皺眉，取代肖恩發號施令：「上馬，跟我走！」

幢幢樹影間，士兵越來越多，尖利的狗吠唁唁作響，讓隱匿變成了一種冒險。

「該死！他們帶來了獵犬。」

聞著馬車上殘餘的氣息，獵犬準確地指引著追蹤方向。殲滅了零散的小隊追兵，大隊敵人漸漸逼近，前方現出一條靜靜的暗河。

「把馬趕開，入河向上游走。」菲戈斷然下令。

獵犬的鼻子失去了作用，叛亂者在河岸葦草的掩護下無聲無息地潛伏。

等緊密的搜尋稍減，一個同伴帶著憎恨開口：「軍方在找這傢伙，我們趕不到城裡了，不如殺了他！」

渾身透濕的財政大臣拚命搖頭，被堵著嘴無法求饒，眼珠子幾乎突了出來。

菲戈的話讓俘虜從死神衣角擦過，「先等等，他或許還有用。」

一隊士兵從極近的距離行過，領頭的青年肩章閃耀，顯然軍銜不低。他繃著英俊的臉，似乎在想什麼，神色陰晴不定。

被捆縛的財政大臣突然激烈地扭動，試圖喚起士兵的注意，直到尖刀壓入脖頸才安靜下來。

一名叛亂者打了個手勢，無聲地詢問菲戈是否狙殺。這一列隊人數不多，運氣好的話，或許能奪到馬，趁尚未合圍時衝出去。

可探問毫無反應，菲戈選擇了沉默，直到敵人徹底消失。

「將軍。」秦洛找到了正在下令的林毅臣公爵，翻身下馬行禮，「我不明白您的意思。」

公爵淡瞥一眼，副官知趣地退開，而後他才開口：「休瓦需要一次全面清潔，掃掉礙事的蟑螂臭蟲。」

「您讓我帶隊去迎接是為了……」

即使在陣前指揮，白手套仍是一塵不染，公爵輕撚馬鞭，淡道：「陛下的重臣在路上遭到叛匪劫持，受到一場虛驚，幸好有秦上校英勇解救，無恙後，他一定會對上校心存謝意。皇帝陛下歷來賞識忠誠勇敢的年輕人，必會下令嘉獎，並調派上校前往屬意已久的南方城市。」

秦洛的笑容牽強，並無喜意，「假如那位重臣有什麼萬一？」

「不會有任何意外。間諜提供了大致地點，獵犬和士兵已經徹底包圍，他們無處可逃。」公爵倨傲而輕蔑，語氣自負，「用不了多久就能從那群喪家之犬手中奪回人質，只要他們不想死。」

這時，一名士兵飛奔而來，向副官急急稟報，副官聽完後，向這邊走來。

「看，開始索要條件了。」公爵冷哂，「越低賤的人越愛惜生命，實在令人難以理解！」

林間的一處空地上，幾個人被密密層層的士兵包圍，在無數槍口下安靜地等待著，公爵的到來讓士兵退開了一條路。

中間是叛亂者、將軍及幾名心腹，秦洛隨在一旁，其後是公爵的親衛隊組成的屏障，之外是一圈又一圈士兵。

公爵打破了寂靜：「你有什麼資格和我談判？」

被數千士兵包圍，菲戈神色不變，踢了踢身前的俘虜，「假如你還想讓他活著。」

豪華的衣飾黏滿泥沙，狼狽不堪，見到救星，被縛的財政大臣激動得發抖，如果不是背後頂著利刃，必定會滾爬到公爵腳下。

「僅用刀便解決了兩個小隊，連開槍的機會都沒有，這不是普通人能辦到的！」公爵淡淡地掠了一眼又轉回視線，「你是誰？」

「他們的首領。」

「名字？」

「菲戈。」

冰一般的綠眸停了一瞬，空氣彷彿靜止了。公爵彈了彈指，周邊的軍隊後撤三十米，只留下內層的親衛。

「說出你的條件。」

「停止對貧民區的屠殺，放我的同伴走。」菲戈的目光冷定而堅毅。

「停火不可能，交出人質，我放其他人離開，」公爵淡漠的眼神，像在看一具屍體，「你必須死！」

「我隨你處置，但必須停止殺戮，否則，他一起陪葬。」刀尖壓緊了幾分，財政大臣的外衣上滲出明顯的血漬，恐懼和疼痛令他汗如漿出。

林毅臣負手盯了片刻，意外地點點頭，「我答應，反正已經清理得差不多。」

一枚煙火飛向天空，爆裂後釋出醒目的綠煙。這無疑是約定的密令，遠方的炮聲隨之終止，突然而至的寂靜，讓場面愈加僵窒。

「什麼意思？他們都死了？」肖恩激得雙眼通紅，「你到底殺了多少人!?」

公爵浮出輕蔑的笑，「肖恩？或許你能好運地活到親眼見證戰果，我不怎麼想殺你，但願所有的臭蟲都和你一樣蠢。」

「你這個屠夫！瘋子！我詛咒你下地獄！」肖恩完全發狂，口不擇言地咒罵：「你不會有好下場，還有你女兒——堂堂公爵小姐，居然在貧民區被叛亂者壓在身下，那個像你一樣有著綠眼睛的婊子……」

公爵的眼睛瞬間溢滿了殺意，幾乎與此同時，肖恩踉蹌跌倒，咳出了兩顆沾血的牙。

這一記重拳來自菲戈，他拋下人質，凶猛的一擊讓肖恩險些昏死。

秦洛臉色鐵青，正要開口，公爵換了個手勢，轟然齊射的子彈尖嘯而出。

菲戈揪住肖恩翻滾，躲過了第一波槍擊，子彈激起了塵土，平坦的地面突然開裂，大坑吞噬了無力逃跑的俘虜和叛亂者。

坑不深，底下卻是複雜的礦道，追趕的士兵被埋伏在礦道內的叛亂者狙擊，稍一阻窒，錯綜複雜的暗道已掩沒了敵人的身影。

「將軍，請謹慎行事，那位大人還在敵人手中！」秦洛鐵青著臉壓低聲音，話語急促。

「你錯了！」公爵冷戾無情的眼眸殺機翻湧，令人不寒而慄，「他被叛亂者挾持，意外身亡。」

「將軍，請容我冒昧提醒，財政大臣身分特殊，死在休瓦極可能引起攻訐，這或許會損害您的聲譽！」

「休瓦叛亂積年已久，這一犧牲換來帝國重鎮的安寧，陛下會理解的。」公爵聲冷如冰。複雜的路線令士兵難以追蹤，也讓公爵耗掉了最後一絲耐心，「撤回士兵，把新研製的磷彈抬上來，趁老鼠沒逃遠，將牠們徹底埋葬！」

「將軍，這樣做被您的政敵知曉，後果將不堪設想！我願帶一隊士兵進行全面搜捕，救出財政大臣，相信適當的說服能讓他獲救後謹言慎行，以免您將來在議會上受到小人非難……」

秦洛焦灼的勸說極其懇切，但並不足以改變公爵的決定。

「上校想得很周到，但我喜歡省事點的作法。」秦洛還要再說，公爵已大步走開，「不必再說，這是命令。」

秦洛定在原地，臉色難看到極點。

幽黑的礦道內，只有沉重的喘息和心跳聲。

「菲戈……」絲絲吸氣中，有人開口，夾著因劇痛而抽搐的急喘，「我又把事情搞糟了……對嗎？」

菲戈沒有回答，緊壓住肖恩肋間不斷溢血的傷口。

奔逃時，肖恩中了槍，傷口位置不佳又失血太多，氣息已經很微弱。或許只有在這個時候，他才會褪去強橫固執的任性，脆弱的自我懷疑。

「是我的錯……他們都死了……」死神徘徊在肖恩身畔，孱弱的自責模糊不清。

「是我的錯，我沒有像答應你父親的那樣照顧你。」事情至此，責備不再有任何意義。

「你一向我行我素，可黛碧、喬芙喜歡你……所有人都重視相信你，憑什麼……」肖恩喃喃自語，越來越衰弱，「在你眼裡，我只是找麻煩的小孩……我想我有點嫉妒……」

單調的滴落聲響在坑道，地下水和礦油積成了淺窪，濃重的血腥甚至壓過了礦油的臭味。

這是一處沒有出路的死礦，礦外有數不清的敵人圍困，他們已經到了絕境。

「他要把我們都殺了……」血湧上喉嚨，肖恩咳了一下，「我害了所有人……」

幾名倖存者在煙頭微明的星火中，等待最後的時刻。菲戈沉默地托著肖恩，他低弱的聲音，幾乎讓人聽不清。

「真希望有人能讓他下地獄，是我給了那魔鬼機會……對不起，菲戈……我……不可原諒……」

汩汩淌出的鮮血逐漸冰冷，肖恩的聲音消失了。

菲戈正要低頭觸探他的頸脈，驚天地動的巨變忽然降臨，彷彿有一隻無形的巨手撕裂了礦道，藍色的火光灼痛視野，世界轟然坍塌。

休瓦街頭的炮聲停了，硝煙散去，四分之一的城市被夷爲平地。貧民區一片狼籍，房屋化成碎石，遍地屍骸，存活下來的人失聲哭泣，在血泊中翻找親人熟悉的面孔，在血淋淋的屠戮中崩潰。

這場交鋒對軍方而言極爲輕鬆，首先是軍士喊話，通令叛亂者交出失蹤的財政大臣，理所當然沒有得到回應，隨後步兵與炮兵交替前進，遇上抵抗或路障便以炮擊開路，猶如小刀切黃油般順利，以壓倒性的火力清理每一個死角，很快便成了單方面的屠殺。

城市裡堆疊大量屍體很容易引起疫病，在穆法中將的指揮下，一具具屍骸被士兵清出，甩上馬車，拖到城外焚燒掩埋，車行過的路面鮮血淋淋，滲入了粗礪的石板，多年後仍會有洗不去的暗紅。焚燒的黑煙遮蔽天空，日色半隱半現，像一個泣血的傷口懸在天際，昭示著不馴的休瓦人所付出的代價。

林伊蘭不曾參與，但從其他營隊士兵的談話中推想出境況的慘烈，恐懼和憂慮如巨石壓在心口，連日輾轉反側，她愈加消瘦下去。

接到父親傳喚的指令時，她幾乎失去了面對的力氣。當耳光甩過來時，她沒能站穩，撞上了堅硬的桌角，溫熱的血自額角滑落，在精美的地毯上浸開。

耳畔嗡嗡作響，辣痛的臉像要燒起來，眼前的東西似乎在搖晃，變得虛幻而遙遠。父親的臉模糊不清，定在遠方，一動不動，這讓她略微清醒，站直了等待更可怕的風暴。

「我不懂怎麼會發生這種事！」一字字的話語像冰又像火，猶如淬毒的劍，「妳把自己變得那樣低賤，給林家帶來無盡的恥辱，更為了賤民背叛帝國、背叛軍隊、背叛妳的父親！難道妳的存在就是為了提醒我有多失敗，費盡心血，竟然教養出這樣的女兒？」

血流到睫毛上，她閉了一下眼。

「我以為給了妳足夠的教育，妳卻為低等的慾望忘了自己是誰，像一個放蕩的娼婦，淪為賤民的笑柄，令整個家族蒙羞！是什麼蒙蔽了妳的頭腦，讓妳不知羞恥到這種境地……」

「他死了？」持續良久的怒罵過後，林伊蘭啞聲問道。

毫不意外，又一記耳光落在麻木的臉頰，這次她沒有跌倒，拭了下唇角溢出的血，「您……殺了他？」

「殺？」公爵怒極而冷笑，「我不殺他，死人不足以給妳教訓。我讓他活著，這樣或許妳能記得久一點。」

「請放過他，我會做到您所命令的一切。」

「妳不再有任何地方值得我期望。」

「我保證以後有所不同。」林伊蘭明知絕望，仍不得不懇求。

公爵冰冷地盯著她，按鈴召喚，副官應命而入。

「帶她去底層第三水牢。」冷峭的話語溢滿恨怒，「但願看過後，能讓妳略為清醒。」

基地的囚牢戒備森嚴，一層層往地下延伸，底層最陰暗潮濕。

條形巨石砌成的通道長滿青苔，不時有水從頂縫滲落，形成了一處處積水。黑暗的囚室，一間間鐵門深鎖，鮮少有人能從這裡活著離開。

由於太深，地下滲出了礦油，林伊蘭腳下不時打滑，礦油的臭味薰得她幾欲嘔吐，聽著獄卒的述說，心漸漸沉入了冰海。

「……第三間的囚犯是叛亂者頭目，來的時候已經被爆炸燒傷全身，聽說用了一種新研製的武器，相當嚇人。日光會讓這可憐蟲產生火燒一樣的痛苦，唯有礦油的浸潤能讓他稍稍好過。公爵不知爲什麼留著他的命，他根本無法離開地牢，放出去也不可能生存！我敢打賭不是爲了審問，因爲他根本沒法說話……」獄卒回頭好奇地打量，試探地詢問：「有人說財政大臣被他挾持，雖然沒死，卻跟這傢伙一樣慘，是不是眞的？」

沒得到回答，獄卒有些失望，板著臉在一扇鐵門前停下，用厚重的鑰匙打開鏽鎖，拖拽出刺耳的聲響。

鐵門開了，窒息般的黑暗像一種有形的物質，濃重地壓迫著感官。背後的走廊映入微光，僅能照出門內一小塊髒污油膩的地面。

走了幾步，林伊蘭踏進了一處水窪，地勢從這裡低下去，形成了一處水牢。

「菲戈？」

寂靜的室內只有回聲，她試探地摸索，髒污的礦油沾了一手。黑暗吞沒了所有光線，她什麼也看不見。

獄卒捺不住底層的穢氣，避至上一層通道，林伊蘭從囚牢外拔下一根用來照亮的火把，又走了回去。

「菲戈？」

火把照亮的範圍極小，光線之外是一片頑固的黯影，壓得人難以呼吸。

「菲戈……」

林伊蘭眼中漾起淚，極力壓抑著啜泣，淚落入浮著厚厚油膜的水面，甚至激不起一絲漣綺。

火映在黑沉沉的水上，成了一團模糊的倒影。接二連三的淚落下，影子忽然扭曲了一下。黑暗中，有什麼物體慢慢接近，逐漸映現出輪廓。

那是個分辨不出形體的怪物，彷彿自地獄最深處浮現，醜陋得像一截燒焦的木頭，焦黑的顱骨上嵌著一對眼睛，找不到一吋完好的皮膚。

林伊蘭僵住了，瞪著眼前的焦骸，無法開口，無法觸碰，甚至無法呼吸。她不相信這是菲戈，但那雙複雜而又悲涼的眼，她絕不會認錯！

他看著她，看她像一尊僵硬的石像，凝固成宿命的絕望。

沒有風的囚牢，只有淚水跌落的微聲。

許久，他動了一下，伸出一截枯樹般的肢體。或許這曾是一隻靈活而穩定的手，此刻卻變成斑駁焦爛的一團，再也看不出半分原先的痕跡。

林伊蘭無法移動分毫，眼睜睜看著它探近，接住了一滴墜落的淚。不知過了多久，她用盡全部意志，吸氣握住了那隻不成形的手。

幽冷的地牢深處，傳出了一聲撕心裂肺的尖泣。

地牢出口衝出了一個纖細的身影。

臉頰淚痕斑斑，制服沾滿了髒污的油漬，林伊蘭撲到角落，近乎抽搐地嘔吐，顯得異常痛苦。

廊下等候的男人沒有動，抽著煙，冷冷地看著。

直到她停止嘔吐，開始喘息，周圍漸漸有衛兵探問，他才擰熄了煙，走過去扶住她的腰：「很難受？先忍一忍，我送妳回去。」

親暱的語氣，讓一旁的士兵知趣地退開。

林伊蘭抬起頭，散亂的眼神逐漸聚攏，本能地掙扎了一下，卻被他強行箍住。

「聽話，我親愛的未婚妻，這可不是使性子的時候！」

戲謔式的勸慰隱藏著警告，她垂下眼，沒有再掙扎。

把她帶回宿舍，鎖上門，秦洛倒了一杯水遞過去，「妳太激動，先把情緒冷靜一下。」

不復喬裝的溫柔，話氣只剩命令式的冷淡。

林伊蘭一直沒開口，對峙良久，秦洛打破了沉寂：「妳懷孕了，對嗎？」他既不激動，也不惱憤，毫無半點感情地詢問，「孩子是地牢裡那個男人的？」

握住水杯的手痙攣了一下，林伊蘭抬起頭。

「別像母狼一樣看著我。」秦洛漫不經心地把玩著煙盒，「我可以當作什麼都不知道，訂婚儀式照常舉行。」

見林伊蘭沉默，他繼續說下去，「甚至可以宣稱孩子是我的，作為我的長子讓妳生下來，視如親生一般養育。」

「條件？」他當然不會是個大方的好人。

「殺了那個男人！我不希望他活著。」秦洛的臉色陰沉下來，盯著她的眼神，帶著無法描述的憎恨。

殺死菲戈？

林伊蘭指尖開始發抖，險些捏不住杯子，「為什麼？」

「難道妳認為理由還不夠充分？」秦洛嘲諷地反問，目光掠過她的小腹，「殺了他，而後本分地做秦夫人，我保證善待這個孩子，這已是超乎想像的讓步。」

「為什麼讓我……」

「因為公爵要他活著，而我希望他死。」撕下溫文有禮的面具，秦洛顯得厭惡而不耐，「妳可以選擇究竟要聽誰的，但我想妳明白，一旦公爵發現，絕不會讓妳有機會生下他！」

長久的靜默後，秦洛拉開門，「我給妳一星期考慮，妳該清楚，時間不多了。」

門又合上了，房間裡只剩她一人。

林伊蘭環住身體，無法遏制地發抖，不知過了多久，臂上傳來推搡，眼中映入安姬的臉，緊張地喚著什麼。

隱約聽到片段的字句，林伊蘭掙扎著握住下屬的手，反覆乞求：「不……不要軍醫……求妳……安姬……不要……」

破碎的請求尚未得到回應，她已支撐不住身體，在高熱中昏迷過去。

凌亂的夢境猶如地獄，時而是熊熊燃燒的火刑柱上焦黑扭曲的人體，時而變幻成陰冷濁臭的水牢，恐懼猶如附骨毒藤纏繞著她，直至落入黑暗的深淵。

如果可能，林伊蘭希望自己永遠不再醒來。可惜神靈並沒有仁慈地回應這一請求，當神智恢復，她回到了比惡夢更糟糕的現實。

「長官，」安姬的面龐從模糊漸漸清晰，似乎鬆了一口氣，露出喜悅的笑，「您終於醒了，這場高燒眞可怕！」

可怕？不，可怕的不是生病。

安姬扶起她，在她身後墊上軟枕，又端過水杯，協助她喝藥。

「您堅持不肯請軍醫，我只好自己拿藥餵您，讓您靜養。您已經昏迷整整兩天，再不醒，我眞不知該怎麼辦。額上的傷我替您包紮過，傷口有點深，可能會留下痕跡。」

安姬沒有問傷口的來源，也沒問她突然病倒的原因，只仔細地提醒：「鍾斯中尉來過，我想他看了可能會堅持叫軍醫，所以代爲推托了，等您康復後，最好去致謝。」

「謝謝。」她的聲音仍殘留著高燒後的嘶啞。

「這不足以回報您曾給予我的幫助。」安姬清秀的臉溫暖而眞誠，「您太憔悴了，這一陣子該好好靜養，鍾斯中尉囑咐您多休息幾天。」

林伊蘭恍惚了一陣，被子下的雙手環住小腹，輕輕合上了眼。

窗畔的人沐浴著柔暖的金陽，淡漠的眼睛空無一物。

安姬暗暗嘆了口氣，「長官，您的信。」

沒人清楚長官被將軍叫去後，究竟發生了什麼事，安姬不敢多問，私下卻禁不住擔憂，只希望家書能讓長官心情稍好。

執著信的指尖被陽光映得透明，忽然一顫，薄薄的信紙沒能拿住，落在膝上。

請假超乎想像的順利，她的假期已全部用完，按理沒有獲批的可能，鍾斯中尉卻看也不看地簽字批了病休，同時粗聲吩咐：「滾回去多待幾天，回來的時候別再是這副鬼樣！」

林伊蘭無話可說，敬了一個軍禮。

走出中尉辦公室，想起秦洛的時限，林伊蘭往軍營另一區走去。

訓練場上，一群士兵起哄嘻鬧，挑動各自的長官上場較技。秦洛雖然是貴族出身，卻從不對下屬擺架子，時常參與遊戲式的競鬥，在場上依然一派輕鬆，反倒是對手的中校戒慎緊張，唯恐在人前落敗。

軍官對陣比士兵較技更具吸引力，引來無數人圍觀起哄。

很明顯，秦洛佔了上風。中校受挫心急，更不願輸給外來對手，激烈的攻擊越加破綻百出。秦洛退了兩步，一閃避過攻勢，側肘一擊，正中對手肩頸。中校腳下一軟，臂上卻被秦洛提了一把，避免了摔倒的局面。

幾下過手動作極快，旁邊的士兵多半沒有看清。中校輸掉鬥技，卻對秦洛的手下留情心生感激。秦洛被下屬笑鬧著簇擁，大方地拋出錢袋請客，引起了滿堂歡呼。

嘈嚷中，一個士兵擠上前說了幾句，秦洛笑容微收，抬眼環視場內。目光所觸，淨是譁然喧笑的士兵，已找不到曾經出現的麗影。

（未完待續）

薔薇之名
ROSE'S NAME
上
黎明之祈

作者：紫微流年
發行人：陳嘉怡
總編輯：陳曉慧
主編：方如菁
文字編輯：黃譯嫺、李　晴
美術編輯：陳依詩
排版編輯：劉純伶
出版者：耕林出版社有限公司
發行地址：807 高雄市三民區通化街47巷3-1號
電話：07-3130172　　傳真：07-3130178
讀者服務專線：0800211215
劃撥帳號：42205480 耕林出版社有限公司
網址：www.kingin.com.tw
E-mail：kingin.com@msa.hinet.net

總經銷：宇林文化事業股份有限公司
總經銷電話：07-3130172
總經銷地址：807高雄市三民區通化街47巷3-1號
物流中心電話：07-3747525　07-3747195
物流中心傳真：07-3744702
物流中心地址：高雄市仁武區仁心路199巷6-45號

初版：2016年02月
定價：台幣750元(三冊不拆售)

國家圖書館出版品預行編目資料

薔薇之名 上卷 黎明之祈 / 紫微流年 著.
-- 初版. -- 高雄市：耕林，民105.02
冊 ； 公分. --（系列；004）
ISBN 978-986-286-652-8（全套:平裝）

857.7　　104029042

耕林 Just Novel
就是小說

耕林 Just Novel

就是小說